ORSON THE

Primera edición en la COLECCIÓN ESPIRAL:
Octubre 2003

Martín de los Heros, 11. 28008 Madrid. Tel.: 91 559 06 28 • www.ochoymedio.com

Colección dirigida por Jesús Robles

Fotografías: Alumnos de ORSON THE KID

Corrección de textos: María Antonieta Andión

Maqueta: OPCIÓN K, Comunicación Visual, S. L.

Diseño de colección: Koldo Fuentes

ISBN: 84-95839-55-5
Depósito Legal: M-43.813-2003

Impreso en España

COLECCION ESPIRAL

ORSON the KID

escuela de cine para niños

Doce guiones cinematográficos escritos
y realizados por niños de 8 a 16 años

Índice

¿Por qué nunca he visto una película realizada por niños?

Esto fue lo que, sin venir a cuento, me pregunté una noche.

Cuatro meses más tarde, en octubre de 2000, abríamos en Madrid la primera escuela clásica en Europa de cine para niños, **Orson the Kid.**

A la pregunta de si es necesario que los niños estudien y hagan cine, la respuesta es la siguiente: El 95% de los niños, ve un promedio de 300 películas al año, en la tele, vídeo o pantallas comerciales, y prácticamente a ninguno de ellos se les educa para ver cine, desconocen por completo el proceso creativo y técnico de la realización de un filme y, sobre todo, no hay ningún control profesional sobre qué pueden y deben ver. Sin duda alguna, el cine es una fuente de entretenimiento y de comunicación, pero también puede ser un instrumento de doble filo, que sobrevuela persistentemente sobre nuestras cabezas, esperando dar el golpe.

Nosotros creemos que con la enseñanza cinematográfica, los niños pueden comunicar sentimientos y estilos de vida, desarrollan un trabajo en equipo, tienen voz crítica o de defensa sobre temas que les preocupan, abren un camino nuevo de entretenimiento, donde lo creativo sobresale en un esfuerzo común, transportando sus culturas a otras personas de otros ambientes y otros pueblos. Y todo esto, ayuda en especial a su desarrollo personal, a su capacidad cultural y humana, contribuyendo a que, en un futuro cercano, nuestros jóvenes espectadores sean más críticos y más selectivos con lo que ven y hacen.

También los niños que estudian cine en **Orson the Kid,** no sólo aprenden una técnica específica en sus 11 departamentos artísticos, sino que por medio de estos, ayudamos a que a los chicos se les presente un camino claro y de posible vocación profesional.

El niño y el joven son un bien cultural insustituible.

Casi todo está en la base.

Hoy, tres años después de aquella simple pregunta, nuestra escuela cierra su primer ciclo con una producción de 12 cortometrajes realizados por nuestros primeros 230 alumnos, chavales de 8 a 16 años venidos de toda España y de varios países de Europa y América Latina.

La diversidad cultural se convierte así, en nuestra imagen fundamental.

En **Orson the Kid** estudian guión, cámara, dirección, montaje, interpretación, producción, diseño de vestuario, *storyboard,* maquillaje, sonido, decorado y composición musical, y todos los cortometrajes están realizados bajo la total responsabilidad artística y técnica de los niños.

Desde un comienzo, **Orson the Kid** se ha visto arropado por el entusiasmo y apoyo incondicional de profesionales de la industria: productores, actores y técnicos, todos ellos de gran capacidad e importancia, han visto con buenos ojos esta iniciativa y junto a un grupo de instituciones, fundaciones y firmas comerciales, ayudan a que este proyecto, absolutamente necesario, respire sin dificultades.

A todos mi agradecimiento.

JORGE VIROGA
Director fundador de Orson the Kid

El cine es un arte fundamental para el desarrollo personal del niño.

ORSON the KID

presenta

REC. UNIÓN

Guión de Laia Lipp, Cristina Torres y Susi Valverde

Diálogos de Laia Lipp

Basado en un cuento de
Cristina Torres

Cortometraje realizado por alumnos de 8 a 12 años
de la primera promoción de la escuela Orson the Kid.
Curso 2000-2001

SEC. O. EXT./DÍA. CARRETERA

Cámara en movimiento sobre asfalto de la carretera, música marchosa y ruido de motor de moto.

Mientras tanto vemos los TÍTULOS DE CRÉDITOS y el título...

REC . UNION

SEC. 1. EXT./DÍA. CALLE PORTAL. CASA CLARA

Un grupo de NIÑAS, primas y amigas, juegan en una pequeña plazoleta.

Desde el fondo de la calle aparece una MOTO.

CLARA, una de las niñas, con una cámara de vídeo graba y corre en dirección a la moto que se acerca.

CLARA
¡¡Eh!! ¡¡¡Víctor, es Víctor!!!
¡¡¡Hola!!!

CORTE 1

En imagen de vídeo vemos a VÍCTOR llegar en moto.

VÍCTOR es un hombre de 40 años, de aspecto aventurero, alegre y muy amable, en especial con los niños.

VÍCTOR
¡¡¡Hola, chicas!!!

VÍCTOR aparca la moto y todo el grupo de CHICAS le rodean saludándole.

NIÑA 1
Tío, quiero ir en moto...

VÍCTOR
Hola, primero ven... Dame un fuerte abrazo, muy, muy fuerte... así.

Mientras se abrazan, LIDIA gira sobre sí misma enseñando el vestido.

LIDIA
Víctor… ¿te gusta mi vestido?
Me lo ha regalado la tía Montse.

VÍCTOR
Estás guapísima… ¡Miedo me das!

NIÑA 2
Yo también quiero que me lleves en moto.

VÍCTOR
Vale… primero dejadme saludar a la del cumpleaños y luego os llevo a todas.

VÍCTOR saca una CAJITA del bolsillo y se la da a CLARA.

VÍCTOR
Feliz cumpleaños, cariño.

CLARA
Gracias.

VÍCTOR mira a ALBERTO, un NIÑO que está al lado de CLARA.

VÍCTOR
¿Y éste quién es?

CLARA
Es Alberto, nuestro nuevo vecino.

VÍCTOR
Hola, Alberto, como veo que eres el único hombre, toma, llévame el bolso.

VÍCTOR le da el bolso que traía en la moto.

VÍCTOR
Y tú, Clara…, estás estupenda.

CLARA
Gracias y esta vez de dónde vienes.

VÍCTOR
Vengo de Shangai... la China.

CLARA
Y te vas a quedar mucho tiempo.

VÍCTOR
Mucho... tengo cosas que resolver... pero ahora tengo unas ganas enormes de ver a la abuela... así que vamos adentro.

Todos se dirigen hacia dentro por el jardín de la casa.

* Todas estas secuencias están intercaladas con planos de la cámara de CLARA y la cámara de la película.

SEC. 3. EXT./DÍA. JARDÍN. CASA CLARA

El grupo de NIÑAS, VÍCTOR y ALBERTO cargando su bolso, entran por un lateral de la casa, les salen a su encuentro los padres de CLARA, LORENA y ENRIQUE, hermano de VÍCTOR.

LORENA
Hola, cuñado..., ven dame un abrazo.

VÍCTOR sonríe y la abraza.

ENRIQUE, de aspecto clásico, mira serio a su hermano.

VÍCTOR
Hola, hermano.

VÍCTOR le da un abrazo fuerte.

VÍCTOR
Tienes un aspecto estupendo, como siempre.

ENRIQUE
Gracias... tú también.

LORENA
Ven, tu madre está deseosa de verte, aunque la pobre ya se metió media botella y no sé si te va a reconocer.

VÍCTOR
Todo igual, ¿no?

LORENA
Sí.

Caminan en dirección al fondo del jardín donde vemos sentados en una mesa a LOLA (visiblemente borracha) de 70 años, madre de Víctor, MONTSE madre de LIDIA.

Alrededor juega y grita todo el grupo de NIÑAS.

VÍCTOR
¡¡¡Mamá!!!

LOLA
¡¡Víctor, hijo mío!! Ven, tomemos una copa para celebrar el cumpleaños de Clara y tu regreso que no sé de dónde vienes.

VÍCTOR
Cada vez que vengo, te veo más guapa, mamá.

LOLA
Es que lo soy...

Se besan... mientras tanto ENRIQUE...

ENRIQUE
Clara, Clara... toma, lleva el bolso de tu tío a la habitación de arriba.

CLARA
Vale, papá..., venga, Alberto, ayúdame.

ALBERTO coge el BOLSO y CLARA le sigue detrás grabándole en vídeo.

SEC. 4. INT./DÍA. SALÓN. ESCALERAS Y BUHARDILLA

ALBERTO y CLARA cruzan el salón y suben las escaleras...

ALBERTO
¿Luego me enseñas el juego del *home boy*?

CLARA
Vale, si quieres...

ALBERTO
No sé... Pero parece que tu tío aquí lleva piedras porque pesa un huevo.

CLARA
Tú siempre quejándote.

ALBERTO
Vale, lo que tú digas.

ALBERTO deja el bolso en el suelo de la buhardilla, y ve un SOMBRERO colgado de la pared.

ALBERTO
Anda, que hortera...

CLARA
Oye... no te metas con el sombrero de mi madre.

ALBERTO se pone el sombrero.

ALBERTO
¿Quiere tomar el té, señorita Clara, o mejor bailemos? Hoy me siento inspirado.

ALBERTO comienza a bailar, Clara ríe y le graba en cámara.

CLARA
Baila Ud. de maravilla, señorita Alberta.

ALBERTO
¡¡¡Conque Alberta, eh!!!

Te voy a retar a un duelo de cosquillas.

CLARA
Vale, pero un momento, que voy a dejar la cámara.

CLARA deja la cámara y se tira sobre el sofá a hacerle cosquillas a su amigo.

SEC. 5. EXT./DÍA. JARDÍN. CASA CLARA

En la mesa donde están los mayores todos ríen.

MONTSE
¿Has traído fotos del templo Manchú?

VÍCTOR
Sí, te traje un montón.

LORENA
Me las tienes que dejar.

MONTSE
No, las fotos son para mí, exclusividad de la hermanita menor.

Lorena le hace una mueca y todos ríen.

MONTSE
¿Qué tal por Asia?

VÍCTOR
Fantástico, aquellos aires me renuevan, mamá.

MONTSE
¿Cuánto tiempo has estado?

ENRIQUE
Siete meses.

VÍCTOR
Sí... más o menos, pero se me han pasado volando.

LOLA

¡¡¡SSHH!!! ¿Os acordáis el año pasado, en Navidad, cuando Enrique, en un intento de crear un ambiente cálido, casi quema la casa?

ENRIQUE

Aquella pocilga, querrás decir.

Todos dicen ¡¡¡OOHH!!! en señal de no estar de acuerdo y LORENA le da un beso suave a ENRIQUE.

LOLA

Me acuerdo cuando Montse te echó el cubo de agua encima…

Todos ríen a carcajadas.

LOLA

Fueron esas navidades cuando se le cayó el árbol encima.

LOLA deja caer su mano sobre la mesa pero cae sobre un trozo de tarta, ríe divertida todos van a socorrerla porque intenta ponerse de pie y no lo consigue.

ENRIQUE

Mamá… ¿tranquilízate, quieres?

VÍCTOR

¿Quieres un vaso de agua?

LOLA

Lo que quiero es otra copa…

VÍCTOR

Voy a por agua.

ENRIQUE le sale al paso.

ENRIQUE

Espera, tengo que hablar contigo.

Ambos salen de cuadro, dirección a la casa.

Mientras tanto LOLA canta y baila ayudada por MONTSE y LORENA.

Las NIÑAS se unen a un corro divertido donde todas se ríen y cantan…

CLARA
¿Dónde está la cámara?

ALBERTO
No tengo ni idea… ¿la tienes tú?

CLARA
Pero te la di a ti, ¿no?

ALBERTO
No, la has dejado en la habitación, mira a ver…

CLARA sale corriendo hacia la casa.

SEC. 6. INT./DÍA. CASA CLARA. SALÓN. ESCALERA Y BUHARDILLA

CLARA cruza el salón, sube las escaleras y oímos la VOZ EN *OFF* de…

VÍCTOR
¡¡¡Enrique, macho, que eres mi hermano!!!

ENRIQUE
Me importa una mierda que seas mi hermano.

CLARA entra a la buhardilla…

ENRIQUE
Quedas avisado.

VÍCTOR, al ver a CLARA, se pone de pie y va hacia ella.

VÍCTOR
Hola, cariño, ¿qué haces aquí?

CLARA
Vengo a por la cámara, quiero grabar a la abuela Lola.

VÍCTOR
Claro cógela... Ahí la tienes.

CLARA coge la CÁMARA, pero nosotros vemos que está encendida.

CLARA
Lo primero que ha hecho ha sido desparramar toda la tarta, luego se tiró al suelo y se puso a cantar.

ENRIQUE
Le dije a tu madre que no la dejara tomar alcohol.

CLARA
Pues la que se armó... Corred, bajad, tenéis que verlo, corred.

ENRIQUE mira serio a VÍCTOR y baja las escaleras, VÍCTOR le sigue.

SEC. 7. EXT./DÍA/NOCHE. JARDÍN CASA CLARA

CLARA sale al jardín grabando, detrás su padre y su tío.

Alrededor de la mesa están todos cantándole el cumpleaños feliz.

CLARA graba, todas las caras alegres van pasando por su cámara.

La cámara de CLARA, lentamente hace un recorrido de 360 grados, a mitad de camino pasa a ser la cámara de la película y el día se transforma en noche. El canto del cumpleaños feliz ha dado lugar a una nota musical que crea tensión.

La cámara de CLARA se detiene frente a la puerta de entrada a la casa.

¡¡¡¡RRRIIIINNNNGGGG!!!! Oímos un teléfono.

Alguien desconecta.

LORENA (VOZ OFF)
¿Sí...?

La cámara avanza muy lentamente hacia la casa.

Entra, recorre el salón, todo está muy tranquilo.

Al final vemos a LORENA sentada en el suelo, con el teléfono en la mano, llorando amargamente.

CIERRA EN NEGRO.

SEC. 8. EXT./TARDE. PORTAL CASA CLARA

Todos los FAMILIARES que estaban en la fiesta, menos ENRIQUE, entran desde la calle al jardín, vestidos de luto.

LOLA llora amargamente, está como fuera de sí y mira para todos lados.

LOLA
Y Enrique, ¿dónde está?

Quiero ver a Enrique.

MONTSE
Mamá... Enrique no está... ha muerto.

LOLA
Muerto... ¿Cómo?

VÍCTOR
En un accidente de tráfico, mamá.
Ya te lo hemos dicho.

LOLA llora desconsolada. Mira a CLARA y la abraza.

LOLA
Madre mía... ¡Oh! mi niña, mi niña...

VÍCTOR
Venga... vamos adentro, mamá.

SEC. 9. INT./TARDE. SALÓN. CASA CLARA

TODOS toman el té en silencio mientras miran el VÍDEO de la fiesta de cumpleaños de CLARA.

Las imágenes alegres del vídeo contrastan con la tristeza de los personajes.

Vemos a CLARA y ALBERTO haciéndose cosquillas... luego durante un rato, vemos la imagen silenciosa y vacía de la buhardilla.

CLARA
Anda, me he olvidado de apagar la cámara.

CLARA coge el mando a distancia y adelanta la cinta.

De pronto en la imagen aparecen VÍCTOR y ENRIQUE.

LIDIA
¿Qué es eso? Espera.

TODOS miran con atención la televisión.

La cámara se acerca lentamente a la pantalla de la tele, momento en que vemos a VÍCTOR y ENRIQUE discutir.

CORTE. INT./DÍA. BUHARDILLA

VÍCTOR entra detrás de ENRIQUE a la buhardilla.

VÍCTOR
¿Qué pasa, Enrique?

ENRIQUE
¿Que qué me pasa?... Que tengo que pagar esta maldita casa y tú... tú no me devuelves lo que me debes. Llevas años prometiéndomelo. Desapareces con tus preciosos viajes y al final siempre con promesas, promesas, ¡¡¡estoy harto!!!

VÍCTOR
Vale, hombre, tranquilo.
Lo siento pero... no sé de dónde sacar tanto dinero... de verdad.

ENRIQUE
Joder, Víctor, ¡¡¡son 20 millones!!!
Que los necesito, coño.
Estoy hasta aquí de deudas, ¡¡joder!!

VÍCTOR
¡Que te digo que no los tengo!
¿Qué quieres? ¡¡¡Que los robe!!!

ENRIQUE tira con fuerza a VÍCTOR sobre un sofá.

ENRIQUE
Si tienes que robarlos, los robas, si no te juro, te juro que…

VÍCTOR
Enrique, macho, que eres mi hermano.

ENRIQUE
Me importa una mierda que seas mi hermano.

CLARA entra a la buhardilla.

ENRIQUE
Quedas avisado.

CONTINUACIÓN SEC. 9. INT./TARDE. SALÓN. CASA CLARA

TODOS miran sorprendidos y con mucha atención lo que ocurre en el vídeo.

VÍCTOR se siente incómodo.

LOLA, seria, coge el mando a distancia y apaga la tele.

LOLA
Niñas, venga fuera.

LORENA
Hacedle caso a la abuela.

Las NIÑAS salen.

SEC. 10. EXT./TARDE. JARDÍN. CASA CLARA

Las NIÑAS están en el jardín. Aparece ALBERTO.

ALBERTO
Hola, ¿que tal?

NIÑA 3
¿Sabes una cosa?

ALBERTO
¿Qué pasa?

NIÑA 3
Acabamos de ver una pelea alucinante entre el padre de Clara y el tío Víctor.

ALBERTO mira a CLARA que llorosa, mantiene la cabeza baja.

CLARA
¿Te acuerdas cuando dejé la cámara en la habitación?

ALBERTO
Sí, me acuerdo.

CLARA
Se me olvidó apagarla.

LIDIA
Alberto, ¿tú crees que tío Víctor ha matado a Enrique?

CLARA
¡¡Cállate!! ¡No tienes ni idea!
¡¡¡Mi padre murió en un accidente!!!
¡¡¡Un accidente!!!

CLARA sale corriendo a la calle.

Las demás NIÑAS se enfadan con LIDIA.

ALBERTO mira a CLARA.

SEC. 11. EXT./TARDE. CALLE. CASA CLARA

CLARA corre llorando por la calle.

Detrás aparece VÍCTOR en la moto, hasta alcanzar a CLARA.

VÍCTOR
¿Dónde vas, cariño?

CLARA
¡Estoy harta! ¡¡Déjame en paz!!

VÍCTOR le cierra el paso con su moto.

VÍCTOR
¡Espera…!

CLARA
Lidia ha dicho que tú has matado a papá.

VÍCTOR
Ven aquí.

VÍCTOR abraza a CLARA.

VÍCTOR
Lidia es pequeña y está asustada. No quería hacerte daño… Seguro que no piensa ni quiere decir eso.

CLARA
Tío, lo siento, no sabía que la cámara estaba grabando.

VÍCTOR
No te preocupes. No pasa nada. Yo también lo siento.

CLARA ve que el BOLSO de VÍCTOR está atado en la MOTO.

CLARA
¿Te vas?

VÍCTOR
Sí.

CLARA
¿Estás enfadado?

VÍCTOR
Claro que no, cariño. Escucha... tu padre y yo discutíamos a menudo, pero eso no significa que no nos quisiéramos.
Un día, cuando seas mayor, lo comprenderás todo. Ahora dame un fuerte abrazo que tu tío se va muy lejos. Cuídate, cuida a todos.

CLARA
¿Me escribirás?

VÍCTOR
Claro que sí. ¿Ha habido alguna vez que no te he escrito?

VÍCTOR se sube a la moto y se marcha bajo la atenta mirada de CLARA.

CLAR gira en dirección a la casa y se encuentra con ALBERTO que está sentado en el cordón de la acera, se acerca y se sienta a su lado.

Cierra en Negro.

SEC. 12. INT./ATARDECER. CASA CLARA. SALÓN

CLARA regresa del colegio, viene abrigada, deja su mochila en el suelo.

CLARA
¡¡¿Mamá?!! Nadie responde.

CLARA se sienta en el sillón y queda pensativa mirando al vacío.

Mira una foto que hay en la mesa del salón, ve la cámara de vídeo, la coge y comienza a grabar, el salón, una foto en la que vemos a su padre, madre y ella riendo, continúa por las escaleras.

De pronto por el visor de la cámara ve a su MADRE que cruza de la mano de alguien hacia el dormitorio.

CLARA
¡¡¡Papá!!!

CLARA corre hacia ellos.

Mira hacia dentro de la habitación y ve a su MADRE besándose con un HOMBRE.

CLARA mira seria.

La MADRE y el HOMBRE se separan y giran hacia CLARA, para sorpresa vemos que es su tío.

CLARA
¡¡¡Víctor!!!

CIERRA EN NEGRO

FIN

Fichas Técnica y Artística

REC. UNIÓN (19')
Curso académico. Madrid, 2000-2001

Clara, en sus trece cumpleaños graba con una cámara la fiesta que se le hace. La muerte inesperada de su padre reúne nuevamente a toda la familia, entonces, una nueva sorpresa modificará su vida.

Dirección: Lou Lipp.
Cámara: Luca Lörtscher.
Guión: Cristina Torres, Susi Valverde, Laia Lipp.
Montaje: Cristina Torres, Natalia Hernández.
Música: Luca, Lou, Laia, Inés, Katrin.
Vestuario: Laia Lipp, Álex Henkes.
Maquillaje: Katrin Stuts, Mili Hemmi.
Sonido: Iván Elsasser.
Attrezzista: Inés Vallvé.
Decorados: Marta Torres.
Script rodaje: Susi Valverde.
Intérpretes: Cristina Artiz, Mili y Cristina T.
Colaboración especial: Gerardo Giacinti, Andrea Guardiola, Adolfo Obregón, Ángela Herranz, Drago Krasimirov y M.ª José de las Heras.

ORSON the KID

presenta

OJOS PROHIBIDOS

Guión de Marina Calvo, Sergio Bravo y Mauro Nolan

Basado en un cuento de Natalia Velasco

Cortometraje realizado por niños de 10 a 13 años en el
1er Campamento-escuela de Cine para niños
Sigüenza, 2001

SEC. 0. EXT./DÍA. ARROYO

La cámara sigue el correr del agua de un arroyo entre grandes malezas verdes.

De pronto de dentro del agua sale FARINA, una NIÑA de 12 años, vestida con pantalones y chaqueta negra.

Sale del agua completamente mojada, mira de un lado a otro con cara de susto y corre hacia un BOSQUE cercano.

SEC. 1. EXT./DÍA. BOSQUE

Vemos a FARINA correr por entre los árboles, tropieza con un árbol, y un par de veces cae al suelo.

En el suelo se acurruca y se duerme... De pronto, en formas de FLASHES, las siguientes imágenes.

- Primer plano de una MUJER con un burka.
- Plano general de un lugar desértico y la MUJER con el burka aparece desde lo lejos caminando a cámara.
- Un enorme MURO de piedra y la MUJER con el burka camina rápido de un lado a otro.
- La MUJER con el burka está frente a DOS MUJERES más vestidas con Burka en un lugar desolado y destruido, la MUJER se quita el Burka y descubrimos a FARINA.
- Desde el fondo viene un HOMBRE caminando furioso hacia ellas.
- Las DOS MUJERES con burkas salen huyendo y haciendo gestos con la mano. FARINA se queda quieta en su lugar.
- En un plano general de un desierto vemos una CASA de piedra, oímos gritos de dolor de una mujer que recibe fuertes golpes.
- FARINA corre dejando atrás la CASA de piedra.
- FARINA corre por un desierto.
- FARINA descubre en una casa ROPA de HOMBRE colgada al sol.

- FARINA vestida con la ropa de hombre, caminando por una carretera asfaltada, de frente viene un COCHE con los faros encendidos y toca el claxon muy fuerte.

SEC. 2. EXT./DÍA. BOSQUE

La mano de un NIÑO despierta a FARINA justo en el momento que en el sueño, el claxon del coche suena fuerte.

FARINA se despierta de un sobresalto y retrocede hacia atrás.

NIÑO
No tengas miedo.

FARINA no dice nada y mira desconfiada a un NIÑO de 11 años vestido con ropas de verano.

NIÑO
¿Qué te ha pasado?
¿Por qué estás mojada?

FARINA sigue en silencio.

NIÑO
¿Por qué no hablas?
¿Entiendes mi lengua?
Eres muda.
¿De dónde eres?

FARINA mira una BOLSA con MANZANAS y se le hace agua la boca.

NIÑO
¿Quieres una?

El NIÑO saca una manzana y se la da a FARINA que la devora.

SEC. 3. EXT./DÍA. CAMINO DE TIERRA

El NIÑO, cogido de la mano de FARINA, sale del bosque y coge un camino de tierra.

CHICO
¡Ah!, si quieres mi hermana puede dejarte otra ropa.

FARINA y el NIÑO continúan por el camino.

La cámara se queda quieta en el mismo lugar, los personajes se alejan como en las películas de Charlot.

NIÑO
Mi madre prepara unos potajes que te vas a chupar los dedos.

El NIÑO se detiene y mira a FARINA.

NIÑO
Por cierto, me llamo Juan.

Continúan por el camino, de espaldas a la cámara.

NIÑO
Juan.

Se vuelven a parar...

NIÑO
Juuuan.

FARINA no responde, solo le mira.

NIÑO
Juan, ¡¡¡Juuuaaaaannnn
jujujuju aaaaaa aaaaannnn!!!!

FARINA ríe.

NIÑA
Farina.

NIÑO
Hola, Farina.

Los dos NIÑOS continúan caminando de espaldas a la cámara, dirección a una casa que se ve a lo lejos.

La música nos llena de esperanza.

FIN

Fichas Técnica y Artística

OJOS PROHIBIDOS (7')
I Campamento-escuela. Sigüenza, 2001

Farina, una niña de 12 años, se revela contra el burka, renegando de las costumbres de su pueblo en Afganistán.

Dirección: Daniel Celaya.
Guión: Marina Calvo, Guillermo Bravo, Mauro Nolan.
Cámara: Paco Cruz.
Montaje: Erica Rendall, Adrián Romero.
Música: Juan Sebastián Mora, Miguel Peral, Guillermo Bravo.
Vestuario: Mauro Nolan, Guillermo Bravo.
Maquillaje: Erica Rendall, Marina Calvo.
Decorados: Adrián Romero, Mauro Nolan, Marina Calvo.
Storyboard: Manuel Peral, Álvaro Alonso, Juan S. Mora.
Script rodaje: Guillermo Bravo.
Sonido: Nicolás Lautieri.
Intérpretes: Natalia Velasco y Tirso Antonio Ruiz.

ORSON the KID

presenta

LA MÁSCARA DE LA TRISTEZA

Guión de Marco Siebel, María Molino y Jaime Gallardo

Cortometraje realizado por niños de 10 a 13 años en el
1er Campamento-escuela de Cine para niños
Sigüenza, 2001

SEC. 0. EXT./DÍA.CALLES PUEBLO SIGLO XVII

Vemos una calle desierta típica de un pueblo del siglo XVII, de fondo oímos un sonido de CAMPANAS de una iglesia y los pasos de alguien corriendo.

PEDRO, un niño de 11 años, harapiento y sucio, corre huyendo de algo.

Le vemos por diferentes calles del pueblo.

SEC. 1. EXT./DÍA. VERJA Y MURO DE PIEDRA

PEDRO intenta abrir una verja y no puede, trepa un muro muy alto y salta al otro lado.

SEC. 2. EXT./DÍA. CAMPO

PEDRO cruza un campo desértico, un ruido de relámpago se oye cerca.

SEC. 3. INT./DÍA. COBERTIZO CON MAQUINARIA

PEDRO entra corriendo al cobertizo y llama...

PEDRO
¡Leonor! ¡Leonor!

LEONOR
Pedro, estoy aquí.

LEONOR, una niña de 12 años, igualmente harapienta y sucia, saca su cabeza de dentro de un TANQUE de agua.

PEDRO
Sal, mira lo que tengo.

PEDRO ayuda a LEONOR a salir del tanque y le enseña un COLLAR de diamantes.

LEONOR
¿Qué es eso?

PEDRO
Un collar.

LEONOR
¿De dónde lo has sacado?

PEDRO
Se lo he robado a la viuda del loco de la sombra.

LEONOR
¿A la viuda del loco de la sombra?... Tú sí que estás loco.

PEDRO
Pero ¿por qué?

LEONOR
Porque sabes que robar está mal.

PEDRO
Pero con esto podemos tener dinero para comprar comida.

De pronto se oye un ruido cercano que pone a los niños en alerta.

LEONOR
¿Qué ha sido eso?

PEDRO
No sé.

LEONOR
Corre.

SEC. 4. INT./DÍA. GRANERO

Los niños corren hacia dentro de un granero hasta que de pronto y por sorpresa aparece un HOMBRE vestido de negro, pelo largo y MÁSCARA negra cubriéndole la cara, coge a PEDRO y lo levanta hacia arriba. LEONOR y PEDRO gritan atemorizados.

PEDRO le enseña el COLLAR de diamantes al HOMBRE

PEDRO
Toma, toma.

El hombre de la MÁSCARA suelta a los NIÑOS, coge el COLLAR, se agacha y le mira con tristeza.

PEDRO
Lo siento, lo cogí para venderlo y comprar comida.

LEONOR y PEDRO miran al HOMBRE de la máscara que está llorando.

LEONOR
¿Por qué lloras?

El HOMBRE de la máscara mira a los NIÑOS directamente a los ojos.

MÁSCARA
A veces, amamos a alguien equivocadamente. Y nos hace daño.

PEDRO
¿Tú, Tú no estás muerto, verdad?

El hombre de la MÁSCARA le mira como diciendo que no lo está.

LEONOR
¿Qué te ha pasado en la cara?

MÁSCARA
Me he quemado.

El HOMBRE de la máscara queda un momento pensativo.

MÁSCARA
Mi mujer me ha quemado.

El HOMBRE mira a los NIÑOS un momento con atención.

Los NIÑOS le miran con tristeza.

MÁSCARA
¡Iros!

LEONOR
¿Pero tú…?

El HOMBRE de la máscara se pone de pie y grita.

MÁSCARA
¡Iros!

Los NIÑOS retroceden con miedo.

LEONOR
¿Pero tú qué vas a hacer?

MÁSCARA
¡Iros, iros, iros…!

Las últimas palabras del HOMBRE de la máscara, resuenan a eco.

Los NIÑOS salen corriendo.

El HOMBRE de la máscara camina lentamente hacia una pequeña ventana y mira a los NIÑOS correr por el campo.

El HOMBRE gira la cabeza y mira a cámara, su máscara expresa tristeza.

FIN

Fichas Técnica y Artística

LA MÁSCARA DE LA TRISTEZA (5')
I Campamento-escuela. Sigüenza, 2001

La necesidad de comer, obliga a un niño a robar. Él y su hermana no se imaginan que el desamor puede cruzarse en sus caminos.
Dirección: Jaime Gallardo Salberría.
Cámara: Daniel Hidalgo.
Guión: Marco Siebel, María Molino, Jaime Gallardo.
Montaje: Santi Loresgoiti, Miguel Gómez Donoso.
Música: Mariano J. Reyes, Laksmi Khabrani, Daniel Rendall.
Vestuario: Pilar Viroga, María Molino.
Maquillaje: Guzmán de las Heras, Pilar Viroga, María Molino.
Storyboard: Miguel G. Donoso, Daniel Hidalgo, Santi Loresgoiti.
Script rodaje: Santi Loresgoiti.
Intérpretes: Marco Siebel y Laskmi Khabrani.
Colaboración especial: Gerardo Viroga.

ORSON the KID

presenta

ÍNDIGO

Guión de Erica Luengo, Santi Laresgoiti y Marina Calvo

Basado en un cuento de Erica Luengo

Un cortometraje realizado por los alumnos de la 1.ª y 2.ª generaciones
de Orson the Kid. Seminario de Invierno.
El Jarama, 2002

SEC. 0. EXT.\DÍA. CAMPO

Primer plano de los OJOS cerrados de un NIÑO.

El NIÑO abre los ojos y ve...

Plano general de un campo muy verde con una elevación. Arriba, el cielo a pleno día, DOS LUNAS GIGANTES.

De pronto una enorme ESTRELLA LUMINOSA cruza el cielo y se oye un ruido enorme.

El NIÑO sonríe. Todo es idealizado, las imágenes nos crean una sensación de tranquilidad, nos acompaña una música continua y relajante.

La ESTRELLA LUMINOSA cae detrás de la elevación verde y aparece un grupo de cinco NIÑOS baja la ladera corriendo, cruzan por el NIÑO en cámara lenta.

El NIÑO se les une y se dirigen corriendo hacia un bosque muy verde.

Justo antes de entrar al bosque los NIÑOS desaparecen en el aire.

* Todos los PERSONAJES van vestidos con túnicas que se envuelven en sus cuerpos, sus cabellos están como engominados y sus ojos van muy maquillados de vivos colores.

* Una luz suave rodea sus cuerpos.

SEC. 1. EXT.\DÍA. BOSQUE

La cámara avanza hacia el bosque, entra, lo recorre, vemos a los NIÑOS jugando, hay una ESFERA LUMINOSA que de pronto se rompe como una pompa, los NIÑOS ríen. Uno de ellos juega con el agua de un arroyo, el agua se mueve en cámara lenta.

SEC. 2. EXT.\DÍA. BOSQUE. ÁRBOL

Continuamos hasta encontrar a una CHICA sentada, recostada a un árbol, tiene una ESFERA LUMINOSA en las manos, en actitud de lectura.

SEC. 3. EXT.\DÍA. BOSQUE. ARROYO

Una NIÑA juega con una piedra, la tira al agua, ésta da botes en el agua cuatro o cinco veces.

SEC. 2 (A). EXT.\DÍA BOSQUE ÁRBOL

La CHICA mira a la NIÑA y sonríe, hay una absoluta paz en su rostro.

SEC. 3 (A). EXT.\DÍA. BOSQUE. ARROYO

La NIÑA al ver lo que la piedra ha hecho, mira a la CHICA y le sonríe asombrada.

SEC. 4. EXT.\DÍA. BOSQUE. ARROYO

La CHICA entra en el plano de la NIÑA, deslizándose suavemente.

CHICA
¿Ves eso?

NIÑA
Sí.

CHICA
Eres la única de tu generación que sabe hacer eso, ¿sabes? Algo poco frecuente... típico de los humanos.

NIÑA
¿Los humanos?

La CHICA abre la mano haciendo un movimiento suave, de pronto aparece una enorme ESFERA LUMINOSA que flota en el aire.

CHICA
Unos de los seres más complejos que han habitado este planeta, los únicos que han tenido dos lados, uno bueno y otro malo.

Nosotros tenemos solo el lado bueno, porque somos una raza más evolucionada que ellos. El problema es que no sabían utilizar bien el lado bueno y el malo. Pero también los había que se querían y eran bondadosos.

NIÑA
Una extraña mezcla...

La esfera lanza una luz potente, la NIÑA mira la esfera.

CHICA
Los humanos luchaban contra ellos mismos y se mataban entre sí. Había guerras y miserias y todo el mundo vivía ansioso, sin llegar a disfrutar de la vida.

La NIÑA mantiene la mirada en la esfera luminosa.

CHICA
Vivían con mucha ansiedad, siempre con prisa y sin pararse a pensar por qué. Los pequeños eran enviados a unas instalaciones llamadas escuelas. Allí debían aprender de memoria conceptos para medir su inteligencia con números.

NIÑA
¿Números?

CHICA
Así es. Los mayores debían trabajar para conseguir dinero. También luchaban por la conquista de territorios, por el poder absoluto y los metales preciosos.
Si algo tenían los humanos, era un tremendo sistema de organización, que ayudaba a algunos pero perjudicaba a otros.

NIÑA
Eso del dinero, ¿para qué servía?

CHICA
Con el dinero podían tener lo básico, alimentos, vestidos y cualquier cosa que necesitaran.

Pausa.

NIÑA
Eran muy duros con ellos mismos, ¿no?
¿Qué pasaba si no tenían dinero?

CHICA
Ése era el gran dilema.
El dinero era el centro de sus ambiciones.

NIÑA
Entonces no sería justo. Los habría con mucho y otros con poco, ¿no?

CHICA
Ya te he dicho que su organización beneficiaba a pocos y perjudicaba a muchos.

Pausa, la CHICA sonríe.

CHICA
Gente curiosa los humanos, ¿no?

SEC. 5. INT.\DÍA. JARDÍN. ÉPOCA ACTUAL

Se mantienen los mismos planos y contraplanos.

NIÑA
¡¡¡¡NO!!!!

CHICA
¿Qué pasa?

Vemos a la NIÑA y la CHICA, vestidas de manera actual, que están sentadas en un banco en un jardín, la NIÑA tiene unos papeles en los cuales está escribiendo algo, los arruga y los tira al suelo.

Coge un cuaderno y le enseña a la CHICA.

NIÑA
Que aquí dice claramente "de Ciencia Ficción" subrayado y en negrita. Y qué quieres que te diga, que eso no es ciencia ficción ni nada.

CHICA
Pues *jolín,* ¿qué más quieres?
Se supone que es en el futuro, con gente perfecta y todo ese rollo, además sólo es una historieta para lengua, tampoco es tan importante.

NIÑA
Ya, pero quiero que me quede bien y que sea interesante.

CHICA
Pues no sé, ya llevamos medio cuaderno y de todas mis ideas no te ha gustado ninguna.

NIÑA
Bueno, ya se me ocurrirá algo.

La CHICA la mira y le sonríe.

CHICA
Venga vamos a merendar. ¡A ver si con la comida se te refrescan las ideas!

NIÑA
Oye, Luna, ¿de verdad crees que los humanos somos así?

La CHICA ríe y abraza a la NIÑA.

En ese momento la IMAGEN se reduce convirtiéndose en una bola que vuela por los aires, haciendo el mismo recorrido que la estrella fugaz, directa al cielo de DOS LUNAS.

FIN

Fichas Técnica y Artística

ÍNDIGO (5')

I Seminario de Invierno. Jarama, 2002

El futuro nos cuenta cómo somos. Un sueño que da paso a un presente con esperanza.

Dirección: Cristina Torres, Santi Laresgoiti, Marina Calvo.
Guión: Erica Luengo, Santi Laresgoiti, Marina Calvo.
Cámara: Luca Lörtscher.
Montaje: Álvaro Alonso, Guzmán de las Heras, Daniel Hidalgo.
Creación FX: Jaime Gallardo.
Vestuario: Cristina Artiz, Marta Torres, Iván Elsasser, Álvaro Alonso, Guzmán de las Heras.
Maquillaje: Erica Luengo, Katrin Stutz, Mauro Nolan, Daniel Celaya, Natalia Velasco.
Storyboard: Daniel Hidalgo.
Foto Fija: Paco Cruz.
Making off: Jaime Gallardo.
Intérprete: Katrin Stutz.
Colaboración especial: Sandra Collantes.
Reparto: Cristina, Marco, Natalia, Daniel y Laskmi.

ORSON the KID

presenta

LA MEMORIA TIENE UN PRECIO

Guión de Beatriz Abramovich, Víctor Nicolau,
Mauro Nolan y Laksmi Khabrani

Cortometraje realizado por niños de 9 a 14 años
del curso académico 2001-2002

SEC. 0. INT.\DÍA. HABITACIÓN LAURA

Plano general de una habitación típica de una niña de 12 años.

Vemos a LAURA vestida de calle, tumbada sobre una cama durmiendo.

Nos acercamos lentamente.

Su cara mantiene un gesto tenso...

En el silencio oímos el VIENTO de lejos... y un sonido repetitivo que golpea el cristal de la ventana.

De pronto la ventana se abre de golpe y entra volando una FOTO que cae al suelo, el viento se oye más fuerte.

LAURA abre los ojos asustada, se gira hacia la ventana y la ve abierta, mira hacia el suelo y ve la FOTO.

LAURA coge la FOTO y la mira con atención.

En la FOTO vemos a LAURA, sonriente abrazada a sus PADRES.

El VIENTO entra por la ventana moviendo fuerte las cortinas.

LAURA mira la FOTO detenidamente... Hace un recorrido por su MADRE con mirada dulce... su PADRE: sereno y apenas sonriente.

Primer plano de LAURA.

ZOOM hacia los ojos del PADRE.

LAURA mira la foto expresando dolor, una lágrima se le cae.

De pronto alguien abre la puerta de golpe.

SEC. 1. INT.\DÍA. HABITACIÓN LAURA

LAURA se sobresalta en la cama y abre los ojos.

LAURA se gira y ve a NACHO, un niño de 11 años, en la puerta.

LAURA mira la habitación y está todo normal.

Solo se oye el ruido de voces de NIÑOS que atraviesa la ventana que está cerrada.

NACHO
¿Te vienes a jugar?

LAURA
No.

NACHO mira a Laura a los ojos, y la ve triste.

NACHO
Venga, Laura... vente con nosotros.

LAURA
Ahora no me apetece.

NACHO
Pero luego te vienes, ¿vale?

LAURA
Vale.

NACHO le sonríe y se dirige a la puerta y sale.

LAURA suspira triste.

SEC. 2. INT.\DÍA. HABITACIÓN LAURA

LAURA se acerca a la ventana la abre y ve a un grupo de NIÑOS jugar al fútbol en el jardín de su casa.

NACHO se une a ellos y todos gritan contentos.

SEC. 3. EXT.\DÍA. JARDÍN

Diferentes imágenes del grupo de NIÑOS jugando al fútbol.

SEC. 4. INT.\DÍA. HABITACIÓN LAURA

LAURA hace un recorrido con los ojos y ve a un grupo de ADULTOS charlando sentados en el césped... entre ellos está su MADRE.

Todos ríen con ganas.

LAURA mira a su MADRE.

La MADRE advierte la mirada de LAURA.

La MADRE mira a LAURA y le sonríe apenas.

El plano de la MADRE queda congelado.

FLASH BACK

Imágenes FOTOGRÁFICAS de LAURA y sus PADRES en diferentes situaciones y momentos felices.

Montaje rápido.

+ El PADRE y LAURA abrazados y riéndose a carcajadas.

+ La MADRE, el PADRE y LAURA jugando en el parque.

+ El PADRE durmiendo con un libro en la mano tumbado en un sofá.

+ Los tres disfrazados y riendo.

+ La FOTO de la secuencia O.

Etc.

SEC. 5. INT.\DÍA. HABITACIÓN LAURA

LAURA con lágrimas en los ojos está sentada en la cama.

De pronto una mano le acaricia el pelo.

LAURA se gira y ve a su MADRE.

MADRE
Hola.

LAURA
Hola.

MADRE
¿No te apetece jugar con tus amigos?

LAURA
Ahora no.

La MADRE limpia las lágrimas a LAURA

LAURA mira a su MADRE y se abraza a ella.

LAURA
Le echo mucho de menos, mamá.

MADRE
Lo sé, cariño… yo también.

Pausa.

MADRE
¿Te vienes a dar un paseo?

LAURA
Vale.

Se mantienen abrazadas.

CIERRA EN NEGRO.

SEC. 6. EXT.\TARDE. MONTAÑA. BOSQUE DE PINOS

Plano general de una montaña con bosque de pinos.

LAURA y su MADRE están sentadas una junto a la otra.

Al fondo vemos las montañas.

MADRE
Mira el sol… ya se está poniendo.

LAURA mira el horizonte y ve el sol sobre la montaña.

MADRE
Fíjate y verás cómo el cielo, poco a poco, se pone anaranjado… es precioso.
(Pausa)… Cuando era pequeña, con mis amigos, subíamos por una escalera al tejado de los vecinos a mirar el atardecer.

Aquello me encantaba... *(suelta una risa de golpe.)* Recuerdo una vez que estábamos todos muy tranquilos ahí arriba, cuando de repente oímos a la abuela gritarnos desde la calle...
¡¡Chicos, chicos!! ¡¡¡Bajad de ahí que los pájaros están volando bajo!!!
¿Y qué, abuela? dijimos todos.
¡¡Pues que va a llover!!

La MADRE ríe y mira a LAURA.

LAURA está seria y pensativa.

La MADRE suspira y pasa el brazo sobre los hombros de su hija.

MADRE
Laura...

LAURA
¿Por qué?

MADRE
¿Qué?

LAURA
¿Qué hizo papá?

La MADRE mira en silencio a LAURA

MADRE
Nada, hija... no hizo nada.

LAURA
Entonces...

MADRE
Tu padre sólo pasaba por allí.
Me acababa de llamar diciéndome que le esperásemos para comer... cuando... aquel coche explotó.

LAURA mira seria a su MADRE que se encoge y suspira.

MADRE
La bomba iba dirigida a un político...
pero también mató a mucha gente.
Hay personas a las que no les importa la vida.

LAURA suspira.

MADRE
De todas formas tú no estés triste, porque ¿sabes una cosa? Él nunca se ha ido, él está aquí entre nosotras, está contigo, aquí *(señala el corazón)* siempre. Nunca se irá.

LAURA
Pero eso no es justo, mamá.

MADRE
No, no lo es... pero no lo recuerdes como ha muerto, sino como ha vivido.

Pausa pequeña.

LAURA
¿y, por qué lo hacen?

MADRE
Son cosas de política, dicen ellos.
Pero la verdad es que siempre somos los demás los que la pagamos. ¿Entiendes?

LAURA suspira mirando el horizonte.

LAURA
No, mamá, no lo entiendo.

SEC. 7. EXT.\TARDE. BOSQUE VIENTO

La cámara se aleja de los personajes, lentamente.

Sube hacia arriba y nos enseña los árboles y sus hojas moverse provocadas por un fuerte VIENTO que nos da miedo.

FIN

Fichas Técnica y Artística

LA MEMORIA TIENE UN PRECIO (10')
Curso académico. Madrid, 2001-2002

El padre de Laura muere en un atentado terrorista.

Dirección: Javier Martínez, Mauro Nolan, María Aparicio.
Guión: Beatriz Abramovich, Víctor Nicolau, Mauro Nolan, Laksmi Khabrani.
Cámara y Sonido: Adrián Báez, Samuel Fernández.
Montaje: Víctor Nicolau, Laskmi Khabrani.
Música: Laskmi, Víctor, Adrián, Carlos, María, Drago, Beatriz, Carolina, Samuel, María.
Vestuario: Sara Martín, Carlos Alonso, Ana Zamarro, Alejandro Mena.
Maquillaje: Carolina Elvira, Beatriz Abramovich, Laskmi Khabrani.
Decorados: Carlos Alonso, Alejandro Mena, Drago Krasimirov.
Foto fija: Sara Martín.
Storyboard: Adrián Báez, Carolina Elvira.
Script rodaje: Drago Krasimirov.
Intérpretes: Paz López y Alejandro Mena.
Colaboración especial: Norma Martínez y Daniel Freire.

ORSON the KID

presenta

¿QUÉ HAY PARA CENAR?

Un guión de Mercedes Paz, Alberto Ruiz,
Marco Manrique y Dani Celaya

Basado en un cuento de Alberto Ruiz

Cortometraje realizado por niños de 13 a 15 años en el
II Campamento-escuela de Cine.
Brunete, 2002

SEC. 0. INT./TARDE. PUERTA. CASA HERMANOS

La cámara avanza lentamente hacia una puerta que está cerrada.

La música es tensa.

Mientras tanto vemos los títulos de créditos hasta el título:

¿QUÉ HAY PARA CENAR?

SEC. 1. INT./TARDE. PUERTA. ENTRADA CASA

Por sorpresa la puerta es abierta con violencia por una chica, LORENA, de 13 años, con su rostro sangrando, asustada y la respiración profunda.

LORENA queda estática mirando hacia adentro.

Frente a ella está su hermano, FERNANDO, de 15 años, mirándola seriamente.

Ambos se miran en silencio.

LORENA comienza a caminar hacia dentro.

FERNANDO le sale al paso.

FERNANDO
¡Lo has hecho!

LORENA intenta esquivarle.

FERNANDO le cierra el paso y la coge de los hombros y la sacude fuerte.

FERNANDO
¡¡Contesta!! ¡¡¿Lo has hecho?!!

LORENA gira sobre sí misma dirigiéndose a la salida.

LORENA
¡Déjame!

LORENA sale corriendo. FERNANDO detrás.

SEC. 2. EXT./TARDE. ALREDEDOR CASA JARDÍN

LORENA corre. Su hermano detrás…

FERNANDO
¡¡¡Lorena!!!

LORENA
Olvídame.

FERNADO avanza corriendo, coge del brazo a su hermana y la hace girar violentamente.

FLASHBACK

Las imágenes están con el color tratado y un poco sucias.

Un CHICO da un tremendo golpe a LORENA que cae al suelo.

SEC. 3. EXT./TARDE. PORCHE. CASA HERMANOS

FERNANDO mantiene cogido con fuerza el brazo de LORENA.

Se miran a los ojos.

FERNANDO
Ya eres una de ellos.

LORENA se suelta asqueada.

LORENA
Tú qué sabes… Tú no entiendes nada.

FERNANDO
No sabes dónde te metes. Mira lo que has conseguido. ¿Crees que merece la pena?

FLASHBAK 2

Paneo sobre los rostros de diferentes CHICOS/AS con expresiones duras y llenas de odio.

Los personajes van diciendo.

PANDILLA
¡Traidora!, ¡Cobarde!
¡Inútil! ¡Gallina!

LORENA gira y le grita a su hermano.

LORENA
Tú nunca lo entenderás.

FERNANDO
¡¡¡Qué!!! ¿Qué es lo que tengo que entender?

LORENA le mira y hace un gesto de burla y rabia.

LORENA
Déjame, ¿quieres?

LORENA intenta irse y su hermano la retiene con fuerza.

LORENA
¡¡¡Déjame, joder!!!

FERNANDO
¿Qué coño te pasa, Lorena?

LORENA
¡¡Y a ti qué te importa, si tú nunca hablas conmigo!!

LORENA se le queda mirando con expresión dura.

PAUSA tensa.

FERNANDO
Menos mal que mamá está muerta para no verte así.

A LORENA se le llenan los ojos de lágrimas, y da un golpe a su hermano.

LORENA
¡¡¡Te odio!!!

LORENA gira sobre sí misma llorando.

FERNANDO se da cuenta que se ha pasado, e intenta salvar la situación.

FERNANDO
Eso te pasa por ir con esa gentuza.
No te das cuenta de que te han utilizado.
Ahora eres una ladrona más, robando a la gente.
¡¡¡¡Ladrona, ladrona!!!!

LORENA
¡¡¡Que no!!!... ¡¡¡No lo soy!!!

FERNANDO
Pero mira la pinta que tienes.
¡¡¡Te han pillado, verdad!!!

LORENA le grita.

LORENA
No me han pillado... Me negué a hacerlo no lo entiendes, ¡¡¡me negué!!!

FERNANDO
¿Quién te ha hecho eso entonces?

LORENA le mira en silencio.

FERNANDO
¡¡¡¡Venga di!!!!... ¡¡Fueron esos cabrones!!, ¿verdad?
¡¡¡¡Tus amiguetes!!!!

LORENA
Pues sí fueron ellos, ¿contento?

LORENA se sienta en el suelo sollozando.

FERNANDO la mira, respira hondo y camina hacia su lado y se sienta junto a ella en silencio.

Pausa.

FERNANDO
Siento lo de mamá...
Ojalá estuviera aquí.

LORENA
La echo de menos.

FERNANDO
Lo sé.

Pausa.

LORENA
Fernando, ¿tú crees que papá también la echa de menos?

FERNANDO
Puede que por eso nunca esté en casa.

Los hermanos miran al vacío, pensativos.

Plano general del campo.

Pausa.

FERNANDO
Habrá que curarte esas heridas.

Pausa.

LORENA
Vale.

Pausa larga.

LORENA
¿Qué hay para cenar?

Los hermanos quedan en silencio mirando al vacío.

FIN

Fichas Técnica y Artística

¿QUÉ HAY PARA CENAR? (7')
II Campamento-escuela. Brunete, 2002

Dos hermanos se enfrentan con rabia frente al vacío emocional.

Dirección: Alberto Ruiz, Laskmi Khabrani.
Guión: Mercedes Paz, Daniel Celaya, Marco Manrique, Alberto Ruiz.
Cámara y Sonido: Daniel Hidalgo, Mariana Rubio, Jon Gorchón.
Montaje: Marco Gasset, Adrián Ruigómez, Santi Laresgoiti, Marco Siebel, Marta Manzarbeitia, Juan Canovas.
Música: Adrián, Alberto, Laskmi, Santi, Richard, Marco S.
Vestuario: Claudia Massanet, Olaia Manzarbeitia.
Maquillaje: Mercedes Paz, Marta Manzarbeitia, Adrián Ruigómez.
Storyboard: Llamas, Heras, Hidalgo, Manrique.
Ayte. dirección: Daniel Celaya.
Script rodaje: Marina Brink.
Decorados: Marco Siebel, Marco Manrique, Santi Laresgoiti.
Producción: Claudia Massanet, Guzmán de las Heras, Olaia Manzarbeitia.
Intérpretes: Alejandra Suena Moral y Richard Llamas.
Reparto: Claudia, Juan, Gonzalo, Marina, Alberto, Laskmi.

ORSON the KID

presenta

BAJO UN ÁRBOL

Guión de Cristina Linares, Nachette, Patricia callejón y Adrián Romero

Basado en un cuento de Patricia Callejón y Nacho Blanco

Cortometraje realizado por niños de 10 a 12 años en el
II Campamento-escuela de Cine para niños
Brunete, 2002

SEC. 0. EXT./DÍA. CAMPO... ÁRBOL

Vemos un campo seco, color amarillo.

Al fondo, reluce enorme, un ÁRBOL frondoso, bajo un sol muy fuerte.

Silencio del día.

Mientras tanto vemos los títulos de créditos.

BAJO UN ÁRBOL

SEC.1. EXT./DÍA. ÁRBOL

La cámara avanza lentamente hacia el ÁRBOL.

Llega hasta el tronco, entra en él, lo cruza.

Vemos una LUZ que palpita.

Oímos los LATIDOS del corazón.

Lo atraviesa y sale por el otro lado.

SEC. 2. EXT./DÍA. ÁRBOL

La cámara sale de dentro del ÁRBOL y vemos a una niña de 12 años, SARA, que está abrazada al TRONCO.

Continuamos oyendo los LATIDOS del corazón del ÁRBOL.

La cámara hace un recorrido por sus ramas y hojas.

SARA separa la cabeza del ÁRBOL y los LATIDOS se dejan de oír.

SARA sonríe y mira al ÁRBOL.

De pronto oye un ruido.

SARA gira su cabeza buscando de dónde viene el ruido y ve a lo lejos a un chico, DANI, que está tumbado en la hierba mirándola.

SARA le reconoce, sonríe y le saluda con la mano.

DANI se pone colorado e intenta esconderse.

SARA, con cierta picardía, le hace señas para que se acerque.

DANI mira de un lado a otro y se hace seña a sí mismo preguntando si es a él al que llama.

SARA ríe y responde que sí.

DANI se levanta del suelo camina, tropieza torpemente y sigue adelante.

SARA ríe.

SEC. 3. EXT./DÍA. ÁRBOL

DANI llega al ÁRBOL, sonriendo muy tímido.

SARA
¿Qué hacías ahí?

DANI
Nada…

SARA
¿Me estabas siguiendo?

DANI
No… yo no.

SARA sonríe haciendo una pausa sin creer a DANI.

DANI
Y tú… ¿qué haces aquí?

SARA
Ven, acércate.

SARA se abraza al ÁRBOL y pone su oído en el tronco.

Oímos los LATIDOS del corazón.

DANI la mira extrañado.

DANI
¿Qué haces?

SARA
Acerca tu oído y escucha.

DANI pone su oído en el tronco del ÁRBOL.

DANI
No oigo nada.

SARA
¿No escuchas los latidos?

DANI le mira con cara extrañada.

SARA
Sólo tienes que querer escucharle.

DANI
Pero eso es imposible, los árboles no tienen corazón.

SARA
Claro que tienen, inténtalo de nuevo.

Ambos se abrazan al ÁRBOL poniendo sus caras muy cerca entre ellos y los oídos contra el tronco.

Pausa.

+ Plano de SARA que oye los LATIDOS del ÁRBOL.

+ Plano de DANI en silencio.

En voz muy baja, como en secreto SARA dice...

SARA
Hay una leyenda que dice que los árboles ofrecen su corazón sólo a aquellos que entregan el suyo.

DANI se esfuerza por escuchar los latidos... se inquieta porque no oye nada.

SARA le mira con serenidad.

+ Plano del ÁRBOL, sus ramas y hojas... oímos los LATIDOS.

Finalmente DANI logra oír un leve LATIDO, sonríe fuerte, SARA también sonríe, los LATIDOS son cada vez más fuertes en ambos.

SEC. 4. EXT./DÍA. CAMPO

Los NIÑOS caminan de espalda a la cámara por el campo seco.

DANI
Mañana volveremos..., ¿no?

SARA
Sí claro... ¿Cómo te llamas?

DANI
Dani, y tú Sara, ¿verdad?

SARA
Sí.

SEC. 5. EXT./DÍA. CAMINO DE TIERRA. COCHE

Plano de un camino de tierra, por sorpresa aparece un COCHE que entra veloz y se va lejos.

SEC. 6. EXT./DÍA. CAMPO

SARA y DANI corren por el campo y se tiran al suelo detrás de unos matorrales y miran al COCHE de la sec. 5 detenerse junto al ÁRBOL.

Los NIÑOS se arrastran por la hierba y se acercan más al ÁRBOL para ver a un HOMBRE y una MUJER que se han bajado del COCHE y miden el terreno con una cuerda, mientras que la MUJER habla por el MÓVIL y dice...

MUJER
El terreno es perfecto, sólo tenemos que cortar este puñetero árbol.

Llama a Momchil, el leñador, y que venga mañana a las cinco.

SARA muy asustada mira a DANI.

SEC. 7. INT./DÍA. JARDÍN. CASA SARA

SARA y DANI están haciendo unos carteles.

SARA le entrega una hoja a DANI.

DANI la mira y ríe junto con SARA.

SEC. 8. EXT./TARDE. CAMINO. ÁRBOL

Desde el ÁRBOL vemos venir un COCHE que se detiene frente al ÁRBOL, baja un LEÑADOR. Del maletero del COCHE saca una SIERRA mecánica y mira hacia el ÁRBOL.

Frente al ÁRBOL hay una veintena de NIÑOS con rostros serios, protegiéndolo. Menos SARA y DANI.

El LEÑADOR enciende la SIERRA, el sonido fortísimo del MOTOR, crea miedo. Los NIÑOS se mantienen quietos.

Miradas fuertes y seguras de los NIÑOS.

El LEÑADOR descubre a los NIÑOS que están frente árbol mirándolo con cara de reproche y carteles que dicen "SALVEMOS AL ÁRBOL".

El LEÑADOR no sabe qué hacer y se mantiene inmóvil.

El LEÑADOR apaga el motor de la sierra.

La cámara avanza, cruza a los NIÑOS gira alrededor del ÁRBOL y nos encontramos con SARA y DANI detrás del tronco.

Los LATIDOS del corazón del ÁRBOL comienzan a oírse con fuerza.

La cámara se acerca a SARA y a DANI.

DANI
Lo conseguimos.

SARA
Al menos por hoy.

Los chicos se miran un momento y se besan.

CIERRA EN NEGRO.

FIN

Fichas Técnica y Artística

BAJO UN ÁRBOL (10')
II Campamento-escuela. Brunete, 2002

El primer amor de dos niños que nace protegido por un árbol.

Dirección: Gabriel Martín, Adrián Romero.
Guión: Christina Linares, Patricia Callejón, Nachette, Adrián Romero.
Cámara: Alejandro Llamas.
Montaje: Serena Gatius, Nathan Bertin, Pablo Herrada.
Música: Simón, Javier, Serena, Pablo, Ian, Nachette, Roberta.
Vestuario: Simón Vargas, Luna Miguel, Almudena Sunyé, Andrea Herrada, Javier Calleja.
Maquillaje: Rita Paz, Pablo Herrada, Simón Vargas.
Storyboard: R. Brink, I. Blanco, R. Paz, Ch. Linares, N. Bertin, A. Herrada.
Script rodaje: Nachette.
Sonido: Roberta Brink, Almudena Sunyé.
Ayte. Cámara: Ian Olaizola.
Foto fija: Ignacio Blanco.
Producción: Luna Miguel, Serena Gatius.
Intérpretes: Patricia Callejón y Diego Bentancor.
Colaboración especial: Begoña Quirós, Caticha, Momchil Alexandrov.

ORSON the KID

presenta

LA AMISTAD DA COLOR

Cortometraje realizado con la participación de 350 niños en el Seminario de Invierno, Fox Kids, Juvenalia, Madrid 2002.

SEC. 0. EXT./DÍA. MURO

Un NIÑO con una enorme chepa a sus espaldas y con su cara y ropas sucias de carbón, aparece sigilosamente detrás de un muro, desde ahí mira hacia el fondo de una calle y ve a...

CORTE 1. CALLE EMPEDRADA

una NIÑA 1 que viene jugando con una PELOTA. Se le ve muy alegre.

SEC. 2. EXT./DÍA. PLAZUELA-BANCO

El NIÑO camina hacia un BANCO de una plaza y se esconde detrás.

Desde ahí ve cómo la NIÑA 1 llega a una casa.

SEC. 3. EXT./DÍA. FACHADA CASA

La NIÑA 1 bota la PELOTA contra la puerta de la casa, varias veces.

CORTE 2. PUERTA DE LA CASA

De pronto la puerta de la casa se abre y aparece una NIÑA 2, mira a la NIÑA 1 y se saludan contentas.

SEC. 4. EXT./DÍA. PLAZUELA

La NIÑA 1 y la NIÑA 2 juegan con la PELOTA.

El NIÑO observa escondido detrás del BANCO la acción de las NIÑAS jugando.

De pronto la PELOTA se escapa botando hacia el BANCO.

CORTE 3. BANCO PLAZUELA

Primer plano del NIÑO que coge la PELOTA.

SEC. 5. EXT./DÍA. PLAZUELA

La NIÑA 1 y la NIÑA 2 ríen y juegan con las manos para ver quién va a recoger la PELOTA. Le toca a la NIÑA 2.

SEC. 6. EXT./DÍA. BANCO PLAZUELA

La NIÑA 2 se agacha a buscar la PELOTA bajo el BANCO y descubre al NIÑO que tiene la PELOTA en las manos y pega un grito.

La niña 2 persigue al NIÑO alrededor del BANCO. En ambos sentidos.

La NIÑA 1 mira atenta, piensa, se le ocurre algo, estira el pie y...

CORTE 4. BANCO PLAZUELA

Vemos el pie de la NIÑA 1 poniéndole una zancadilla al CHICO que cae al suelo.

SEC. 7. EXT./DÍA. PLAZUELA

Las NIÑAS 1 y 2 dan golpes al NIÑO de la chepa que todavía tiene la PELOTA entre sus manos.

Mientras...

SEC. 8. EXT./DÍA. MURO PLAZUELA

Aparece la NIÑA 3 que ve cómo le están pegando al NIÑO, y corre hasta la casa de la NIÑA 2 y golpea la puerta con fuerzas.

SEC. 9. EXT./DÍA. PORTAL CASA

La puerta se abre y aparece una CHICA bostezando.

La NIÑA 3 le hace señas para que mire lo que las NIÑAS le están haciendo al NIÑO.

SEC.10. EXT./DÍA. PLAZUELA

La CHICA corre hasta el lugar y detiene la pelea.

Levanta al NIÑO del suelo y enfadada regaña a las NIÑAS.

La NIÑAS están avergonzadas.

El NIÑO está arrepentido y les devuelve la PELOTA.

La CHICA les dice que tienen que disculparse.

Todos se dan un abrazo.

Hacen un corro y se disponen a jugar todos juntos.

Invitan a la NIÑA 3 a jugar.

La NIÑA 3 se une al grupo, se pasan la PELOTA de uno en uno.

La PELOTA otra vez cae al suelo y se va a un rincón de la plazoleta.

Todos ríen, se cogen de la mano y giran alrededor.

FIN

Fichas Técnica y Artística

LA AMISTAD DA COLOR (4')
II Seminario de Invierno. Fox Kids, Juvenalia, 2002

Un niño solitario busca la forma de ser aceptado por un grupo de chicas.

Dirección: Alberto Ruiz, Laksmi Khabrani.
Guión: Trabajo realizado improvisadamente por 350 niños.
Cámara: Claudia Massanet, Sergio Suárez.
Montaje: Katrin Stutz.
Vestuario: Katrin Stutz.
Maquillaje: Katrin Stutz.
Storyboard: Trabajo realizado por 350 niños.
Intérpretes: Alejandro Sastre, Daniela García, Raquel Quintana, Andrea de la Cruz y Marta Ayllón.

ORSON the KID

presenta

LA ESPIRAL

Guión de Denise y Paz López

Basado en un cuento de Alejandro Sastre

Cortometraje realizado por niños de 8 a 13 años
en el curso académico 2002-2003.

SEC. O. EXT./TARDE. BOSQUE. MURO NIEBLA

Vemos un CASTILLO sobre una ladera.

La cámara recorre un bosque con niebla.

El sonido musical es tenso y dramático.

Títulos de créditos.

LA ESPIRAL

De pronto vemos a lo lejos a un HOMBRE de espaldas dando golpes en una piedra de un MURO que cruza un bosque.

Nos acercamos lentamente, solo oímos su respiración agitada.

El HOMBRE viste con ropas del Siglo XVI.

Cuando estamos en un primer plano de su cabeza, el HOMBRE gira bruscamente a cámara mostrándonos su cara tensa y con miedo.

El HOMBRE mira de un lado a otro esperando oír algún ruido...

Vemos el BOSQUE silencioso.

El HOMBRE continúa su trabajo, con más rapidez, quita escombros de un hueco que está haciendo en el MURO.

El HOMBRE saca de entre sus ropas un LIBRO de tapas gruesas, que desprende luces y chispas.

Lo deja en el hueco del muro y comienza a taparlo con piedras.

De pronto se comienzan a oír ruidos de un CABALLO galopando, la música es más dramática, el HOMBRE muy asustado termina de cubrir el LIBRO con piedras y se va corriendo.

El sonido del CABALLO es más fuerte.

ÁNGULO. EXT./TARDE. BOSQUE

El HOMBRE corre entre los árboles de forma desesperada.

El galope del CABALLO siempre le persigue.

El HOMBRE se esconde bajo una enorme piedra.

Silencio. Ya no se oye al CABALLO.

El HOMBRE se pone de pie.

El sonido de un relincho del CABALLO a sus espaldas.

El HOMBRE mira hacia atrás con auténtico terror.

Un sonido de una ESPADA desenvainándose se oye muy cerca.

Después el sonido de la ESPADA en movimiento y luego...

la cara del HOMBRE recibiendo un golpe mortal.

Cierra en negro

SEC. 1. EXT./DÍA. CALLE

Abre.

Panorámica de Sigüenza y sus edificios.

Un grupo de NINOS de regreso del colegio, todos con mochila al hombro, caminan por una calle un día soleado de primavera.

Sobre impreso en la pantalla, leemos...

SIGÜENZA, AÑO 2003

Los NIÑOS dan ánimo a una NIÑA, la protagonista.

NIÑOS

No te preocupes. Ya verás que no te pasará nada. Estamos contigo, etc., etc.

SEC. 2. EXT./DÍA. CAMINO, CASA PROTAGONISTA

La NIÑA se despide de sus amigos y camina sola por un camino, al momento se detiene y preocupada, mira a una CASA, suspira y se va con la cabeza baja.

La vemos entrar en la CASA, de aspecto rural y humilde.

La cámara se queda afuera, esperando...

De pronto se oyen gritos y discusiones...

La NIÑA sale corriendo hacia fuera.

Detrás su MADRE y su PADRE con un CINTURÓN en la mano...

MADRE
¡¡¡¡Otra vez has sacado un cero!!!!

NIÑA
¡¡Os lo puedo explicar!!

El PADRE le da varios golpes con el CINTURÓN...

PADRE
¡¡¡No!!! ¡¡¡No hay nada que explicar!!!

MUJER
Maldita seas... ¡¡¡¡ven aquí!!!!

NIÑA
¡¡¡No!!!

Los personajes van corriendo en círculos y el PADRE siempre con el cinturón revoleándolo sobre la cabeza de la NIÑA.

La MADRE le da un par de golpes con la mano.

PADRE
¡¡¡¡Te quedarás castigada todo un mes!!!!

NIÑA
No...

PADRE
Hasta que saques buenas notas en el colegio, no saldrás a la calle.

MADRE
¡¡¡No saldrás a ningún lado!!!...
¡¡¡¿Me oyes pequeña, gamberra?!!!

La NIÑA se escabulle de entre los brazos de sus padres y sale corriendo…

PADRE
¡¡¡Regresa aquí ahora mismo!!!

MADRE
¡¡¡¡Gamberra!!!!!

PADRE
Me cago en la host…

SEC. 3. EXT./DÍA. CAMINO BOSQUE

La NIÑA corre por diferentes lugares hasta que entra en el bosque.

SEC. 4. EXT./DÍA. BOSQUE RIACHUELO

La NIÑA corre entre los árboles.

Solo oímos la respiración profunda de la NIÑA.

La cámara avanza en plano subjetivo, hace de niño.

La NIÑA llega hasta un riachuelo y se sienta en una roca.

La cámara se acerca hasta un primer plano de la NIÑA.

NIÑA
Ojalá sacar un cero no sea tan grave.

La NIÑA mira triste el agua del riachuelo…

NIÑA
Ojalá pudiera volar.

La NIÑA se tumba en el suelo y se queda dormida.

Pausa.

La NIÑA está durmiendo.

Se despierta de un sobresalto.

NIÑA
¡¡Socorro!!

SEC. 5. EXT./ATARDECER. MURO PIEDRA

La NIÑA camina por el campo, al fondo se puede ver la ciudad, enfrente hay un muro de piedra.

De pronto ve algo que brilla entre las piedras.

Se acerca y ve cómo *algo se mueve entre las piedras...* Con temor estira la mano y....

de pronto ve cómo pequeñas *LUCES DE COLORES salen de las piedras.*

La NIÑA escarba con las manos y encuentra el LIBRO (Sec. 0)

Del LIBRO salen *luces de colores...*

La NIÑA abre el LIBRO y se encuentra con las páginas en blanco pero con *luces y colores,* al final, en la primera página, encuentra un texto y lee

Estas páginas pueden cambiarlo todo.

Eso depende de ti.

La NIÑA mira a su alrededor con ojos grandes.

SEC. 6. INT./DÍA. CASA NIÑA

La NIÑA abre la puerta de su casa y entra con miedo...

De pronto ve a su PADRE vestido y maquillado de mujer que le está sonriendo.

PADRE
¡Hola...!

La NIÑA le mira asustada.

Aparece su MADRE vestida de hombre, estornuda fuerte.

MADRE
¡¡AAAAAACCCHHIIIIITTTSSSS!!

y ríe a carcajadas, mientras va tirando ROPA por toda la casa.

MADRE

¡¡Oh!! ¡¡¡Mi niña, mi niña!!! Qué grande es mi niña, sacando un hermoso cero en el colegio.

La MADRE la coge en los brazos y le da giros por toda la casa y también unos besos grandes en la mejilla.

El LIBRO se le cae al suelo y *desprende luces de colores*.

La NIÑA mira el LIBRO pero no dice nada.

El PADRE se agacha, se acomoda el pelo coquetamente y mira tiernamente a la NIÑA.

PADRE

Estoy muy orgulloso de ti. Felicidades.

La NIÑA sonríe apenas y el PADRE extiende sus brazos...

PADRE

Ven...

La NIÑA se acerca muy despacio... La MADRE estornuda fuerte.

MADRE

¡¡¡AAAAAACCCHHIIIIIITTTSSS!!!

La NIÑA se asusta, se detiene y mira a su MADRE que se le cae un moco por la nariz... Mira a su PADRE que continúa con los brazos abiertos y se acerca hasta que su PADRE la abraza y le sacude el pelo sonriendo.

La MADRE sonríe y se limpia los mocos con la manga de su camisa.

MADRE

Hija, con cada cero que saques en el colegio, te daremos un regalo. El que tú quieras, entendido. Estamos muy orgullosos de ti.

La NIÑA sonríe alucinada...

NIÑA

Vale.

PADRE

¿Tienes mucho que estudiar?

NIÑA
Sí, mañana tengo examen de matemáticas.

PADRE
A ver… ¿cuánto es 5 x 5?

La NIÑA piensa, mira a sus padres y se arriesga.

NIÑA
¿16…?

PADRE
¡Muy bien!

La MADRE salta de alegría…

MADRE
¿Y… 3 x 2?

NIÑA
83.

MADRE
Perfecto, ésta es mi niña.
Vete a jugar hasta la hora de la cena…

NIÑA
Vale.

PADRE
Toma… 50 euros, cómprate dulces.

NIÑA
Gracias.

MADRE
Y vuelve tarde… por favor.

La NIÑA sale corriendo de su casa. Vemos el LIBRO tirado en el suelo.

MADRE
¡¡¡¡AAAAAACCCCHHHHIIIIIITTTTTSSS!!!!

PADRE
Tendrás que cuidarte esa tos.

MADRE
Sí, hace como un año que no me opero de los ojos. ¡¡¡AAAAAAACCCHHHHIIIIIITTTTTSSS!!!

PADRE
Buen provecho.

MADRE
Gracias. Casi me hago pis.

PADRE
Te buscaré algo para limpiarte.

El PADRE busca entre tanta ropa tirada por el suelo y encuentra el LIBRO, lo abre y ve que sus hojas están en blanco, coge una y la arranca, *entonces del LIBRO sale una LUZ enorme, como una llamarada, y un ruido terrible.*

El PADRE abre los ojos muy grandes y los pelos se le ponen de punta...

La MADRE le mira y le encuentra guapísimo, va hacia él y le quita la hoja del libro y se suena la nariz, entonces... ¡¡¡CHAZZ!!! a ella también se le ponen los pelos de punta.

Se miran sintiéndose guapísimos.

Comienzan a reír a carcajadas y a arrancar las hojas del libro.

Del LIBRO salen luces de colores mientras le arrancan las hojas.

Los padres de la niña se dicen un montón de tonterías y cosas absurdas.

MADRE
Un cero, un regalo. Doscientos ceros, doscientos regalos.

PADRE
Yo quiero uñas postizas. Miles de uñas postizas. Cientos de uñas postizas, para el dedo meñique, para el dedo gordo, para los dedos de los pies.

MADRE
Yo quiero corbatas, miles de corbatas.
Corbatas negras, a lunares, rojas, amarillas, ¡¡¡de todos los colores!!!

PADRE
¡¡¡Yo quiero relojes, relojes!!!

MADRE
¡¡¡¡Tic-tac, tic-tac!!!!

PADRE
¡¡¡Relojes, relojes!!!
¡¡¡¡Quiero controlar el tiempo!!!!

MADRE
Yo quiero taladradoras!! ¡¡metacrilatos!!
¡¡¡Llaves, llaves, llaves, muchas llaves!!!

PADRES
¡Yo quiero espejos!, ¡¡espejos!!, ¡¡espejos por el suelo, por el techo, por las paredes!!
¡¡¡Quiero verme, quiero verme, quiero verme!!!

MADRE
Perchas, perchas, muchas perchas!!!

El LIBRO, *larga un viento de colores y los envuelve.*

Los PADRES son chupados dentro del libro.

PADRE-MADRE
¡¡¡¡AAAAAHHHHHHHJJJJJJJJ!!!!

Oímos los gritos de los PADRES que sale del LIBRO, sin entender nada de lo que dicen, igual que una grabación a muchas revoluciones.

CIERRA EN NEGRO.

SEC. 7. INT./NOCHE. CASA NIÑA

La puerta se abre y entra la NIÑA con una BOLSA enorme de caramelos.

Camina por su casa… hay mucho silencio, todo está tranquilo…

La NIÑA ve el LIBRO ABIERTO en el suelo con *algunas luces de colores,* lo coge, apenas se oyen los gritos distorsionados de los PADRES.

La NIÑA, CIERRA el LIBRO de un golpe.

¡¡¡¡PPLLLOOOUUUUMMMMM!!!!

OSCURIDAD

Oímos la voz de la NIÑA

NIÑA
Hola… ¿Papá…?
¿Mamá…? Ya estoy aquí.

FIN

Fichas Técnica y Artística

LA ESPIRAL (12')

Curso académico. Madrid, 2002-2003

Un libro desaparecido trágicamente en el siglo XV permitirá a una niña de hoy, cumplir sus sueños… Sus padres no lo saben.

Dirección: Andrea Trigo, Sergio Suárez.
Guión: Denisse Barbatovci, Paz López.
Basado en una idea de: Alejandro Sastre.
Cámara y Sonido: Daniel Martín, Alejandro Sastre, Sebastián Rascón.
Montaje: Andrea Trigo.
Música: Andrea Trigo y Sergio Suárez.
Vestuario: Raquel Quintana.
Maquillaje: Marta Ayllón, Denisse y Daniela García.
Storyboard: Andrea Trigo, Sergio Suárez, Daniel Martín, Alejandro Sastre.
Intérprete: Miriam del Alba.
Colaboración especial: Chete Guzmán, Mamen Ballesteros.
Reparto: Marta, Alejandro, Daniela y Denisse.

ORSON the KID

presenta

LAS TARDES

Guión de Vicky von Bernard, Alberto Ruiz, Mauro Nolan,
Claudia Massanet, Andrea de la Cruz y Laksmi Khabrani

Basado en un cuento de Alberto Ruiz

Cortometraje realizado por niños de 14 a 16 años
de la escuela Orson the Kid.
Curso 2002-2003

SEC. 0. EXT./DÍA. PLAZA

Diferentes planos de un pueblo. Calles, Iglesia, jardines, etc.

Nos acercamos a una CHICA, Andrea, que está sentada en un banco, tiene papeles en la mano y un bolígrafo.

Está pensativa, mirando el horizonte.

Mientras tanto pasan los títulos de crédito.

Música.

LAS TARDES

SEC. 1. EXT./DÍA. CALLE 1

ANDREA camina por una calle junto a MARCO, un chico de su misma edad. Llevan mochilas porque acaban de salir del colegio.

SEC. 2. EXT./DÍA. PORTAL ANDREA

Llegan al portal de ANDREA, y…

MARCO
Podíamos hacer el trabajo juntos.

ANDREA
¿Qué trabajo?

MARCO
Joder, Andrea, tú siempre igual, ya te vale.

ANDREA
Bueno, pero ¿de qué va?

MARCO
El de ética.

ANDREA
¿Ética?

MARCO
Sí... de lo que es importante para ti.

ANDREA no tiene ni idea de qué le está hablando.

ANDREA
Ah, sí, sí, ése... pues lo hacemos juntos, ¿no?

MARCO
Venga, a las cinco donde siempre.

ANDREA
Vale.

MARCO
A las cinco.

ANDREA
Vale.

MARCO
No te retraces.

ANDREA
Vale.

SEC. 3. EXT./DÍA. PARQUE

MARCO está sentado en un banco.

MARCO mira la hora, 5:20, se impacienta.

ANDREA viene andando tranquilamente con los cascos puestos, escuchando música marchosa.

MARCO
La próxima vez me voy.

ANDREA se quita los cascos.

ANDREA
¿Qué?

MARCO
Que la próxima vez no vengo.

ANDREA
Venga, tío, que sólo son 20 minutillos.

ANDREA se sienta en el banco.

MARCO
¿Has pensado algo sobre el trabajo?

ANDREA
No, ¿y tú?

MARCO
Sí, claro, algo.

ANDREA
Y ¿qué has pensado?

MARCO
Que lo importante es que todos estemos bien, que tengamos dinero…

ANDREA
Sí, sí, ya lo tengo… y que haya paz en el pueblo, no te jode.

MARCO
¿A qué viene eso?

ANDREA
Si dejas de decir tantas paridas terminaremos algún día.

MARCO
Ya… pero por lo menos propongo algo.

Pausa, los dos amigos se quedan mirando al vacío.

ANDREA
Tío… esto me aburre un mazo.

Pasa un grupo de CHICOS.

ANDREA
¡¡Tíos!! ¿dónde vais?

ÁNGULO

El grupo de CHICOS se mira entre sí.

CHICO 1
Por ahí…

ANDREA
Vale, voy con vosotros.

ANDREA se pone de pie y MARCO reacciona detrás.

MARCO
Oye, que estamos haciendo un trabajo.

ANDREA
Pero si no tenemos ni idea. Lo hacemos mañana.

MARCO
Lo hacemos hoy que para eso hemos quedado.

ANDREA
Pero si es para el martes.

MARCO
Ya, pero no lo vamos a dejar para el final como siempre.

ÁNGULO

El grupo de CHICOS se mira y decide pasar de todo y se va…

ANDREA
Que no, que lo hacemos mañana…
Venga, ¿te vienes?

MARCO
Siempre es mañana y al final nunca terminamos nada.

ANDREA
Que sí, que es mañana. Vente.

MARCO
Yo me quedo.

ANDREA
Mañana a las once te paso a buscar.

ANDREA mira a los CHICOS que ya se van lejos.

ANDREA
¡¡Eh tíos, esperadme!!

MARCO, en el banco, mira a su amiga correr tras los chicos.

SEC. 4. EXT./DÍA. PORTAL CASA MARCO

ANDREA llega al portal y llama a la puerta.

Sale MARCO.

ANDREA
Hola, ¿qué tal?

MARCO
¿Qué te pasa hoy? ¿Le has puesto pilas al reloj, o qué?

ANDREA
Tío, tú siempre quejándote. Si llego tarde porque llego tarde y si llego a la hora, porque soy puntual. La próxima vez no vengo.

MARCO
Pues para lo que haces…

ANDREA
¿Qué quieres decir?

MARCO
Que pasas de todo.

ANDREA
Pues tú podrías empezar a disfrutar un poco más de la vida.

MARCO
¿Cómo? ¿Ignorando a los amigos?

ANDREA
No te entiendo.

MARCO
Déjalo.

ANDREA
Joder, Marco... ¡¡¡venga!!!

ANDREA le hace bromas a MARCO, molestándole.

MARCO
¡¡Déjame!! Que sólo piensas en ti misma.

ANDREA
Encima me llamas egoísta.

MARCO
Pues sí. Yo pensé que eras una buena tía, pero... Ahora entiendo lo que dice la gente.

ANDREA
¿El qué?

MARCO
Nada.

ANDREA
Venga, dilo... dilo.

MARCO
Pero si lo sabes perfectamente.
Intentaste cambiar, y la has cagado.

ANDREA
¡¡¡Tú qué sabes!!!
¡Te crees Dios y no eres nadie!

MARCO
Va, déjalo. Total…

ANDREA
Total, ¿qué? ¿No te atreves a decirme las cosas a la cara?

MARCO
Si te lo estoy diciendo.

ANDREA
¡¡¡Qué!!!

MARCO
La gente no te aguanta.

ANDREA
¿Qué?

MARCO
Nada.

ANDREA
Venga, tío… ¿Quién no me aguanta?

MARCO
Todos. El único que te aguanta soy yo.
La gente te toma como un payaso y se ríe de ti.
Todos se ríen de ti. Das pena, tía.

MARCO entra a su casa y ANDREA se queda chafada.

PAUSA.

ANDREA
Pues me importa una mierda lo que penséis.
No os necesito. Ni a ti ni a nadie, ¡¡¡te enteras!!!

SEC. 5. EXT./DÍA. PLAZA

Un MENDIGO hurga en la basura.

Camina hacia un BANCO de la plaza y se topa con ANDREA que está sentada, deprimida, a punto de llorar.

MENDIGO
¡Eh!, chavala, que ésta es mi cama.

ANDREA no hace caso.

El MENDIGO se sienta a su lado.

MENDIGO
Pues hoy dormiremos juntos, ¿has traído mantas?

El MENDIGO se ríe a carcajadas, ANDREA sigue seria.

El MENDIGO mira a ANDREA y se lía un cigarro.

MENDIGO
Cada vez que me enciendo un cigarro me acuerdo de mi Julia. Es que fue con ella con quien empecé a fumar, sabes... ¿Tú fumas?

ANDREA no contesta. PAUSA.

MENDIGO
Julia... Julia... siempre decía que llegaría lejos y ya ves... lejos he llegado.

PAUSA, el MENDIGO recuerda y sus ojos se le llenan de lágrimas.

Respira hondo y ríe otra vez.

MENDIGO
Yo la verdad es que estoy contento con esto, ¿qué mejor vida que ésta? Aire, ¡¡¡libertad!!!
Nadie controlándote, voy por aquí y por allá, me siento... Camino... Duermo... Pero siempre con dignidad... Me hago respetar. Yo no soy el hazmerreír de nadie... No, señor.

El MENDIGO bebe un poco de VINO del pico de la BOTELLA.

MENDIGO
Pero a mi Julia la echo en falta. Ya me gustaría poder hablar con ella, pero hace mucho que se fue... y yo la dejé ir. Es de lo único de lo que me arrepiento en mi vida: haber dejado marchar a quien más quería.
Nunca sabes cuánto puedes echar en falta a una persona.

El MENDIGO suspira, mira a ANDREA...

MENDIGO
...¿Un poco de vino?

ANDREA
No, gracias.

El MENDIGO mira a ANDREA con detenimiento.

MENDIGO
¿Estás bien, chiquilla?

ANDREA
Sí, me tengo que ir. Duerme bien.

ANDREA se va.

El MENDIGO sonríe y la mira irse, su rostro se pone triste, suspira y da un trago largo al vino y se tumba en el banco.

SEC. 6. EXT./DÍA. PLAZA

Plano de ANDREA igual a sec. 0.

ANDREA comienza a escribir en el papel en blanco.

Oímos su voz en *off.*

ANDREA
"MARCO, esto es una carta para ti..."

MARCO llega por detrás, sigilosamente se acerca a ANDREA, le coge la hoja y se pone a leerla.

ANDREA se levanta y se la intenta coger.

MARCO sale corriendo. ANDREA detrás.

Música.

Les vemos correr y reír felices.

Fundido en negro.

FIN

Fichas Técnica y Artística

LAS TARDES (7')

Curso académico. Madrid, 2002-2003

Dos amigos discuten y se plantean lo esencial de sus vidas.

Dirección: Mauricio Montaño y Samuel Fernández.
Guión: Andrea de la Cruz, Claudia Massanet, Alberto Ruiz, Vicky von Bernard, Laksmi Khabrani, Mauro Nolan.
Basado en una idea de: Alberto Ruiz.
Cámara y Sonido: Claudia Massanet, Laksmi Khabrani.
Montaje: Vicky von Bernard, Mauro Nolan.
Música: Alberto, Andrea, Laksmi, Claudia, Marco, Mauricio, Samuel y Vicky.
Vestuario: Vicky von Bernard.
Maquillaje: Mauro Notan y Alberto Ruiz.
Storyboard: Mauricio Montaño, Alberto Ruiz.
Script rodaje: Vicky von Bernard.
Intérpretes: Marco Gasset y Andrea de la Cruz.
Colaboración especial: Chema de Miguel.

ORSON the KID

presenta

12/9 OCTAVA

Guión de Claudia Massanet, Lucía Prieto, Laksmi Khabrani, Juan Canovas
Marina Lledó, Daniel Celaya y Caco Manrique

Basado en un cuento de Lucía Prieto

Cortometraje realizado por niños de 14 a 16 años en el
IV Campamento-escuela Orson the Kid.
Cantabria, 2003

SEC. 0. PANTALLA EN NEGRO

Sobre la pantalla en negro, oímos el murmullo de mucha gente hablando, vemos los títulos de crédito y escuchamos unas voces en *off* que van marcando con autoridad los siguientes pasos:

VOZ** OFF **(AYTE. DIRECTOR)
¡¡¡Silencio!!!

Todavía se oye gente hablando.

VOZ 1 (DIRECTOR)
Silencio...

El murmullo se hace silencio.

Pausa.

VOZ 1 (DIRECTOR)
¿Sonido?

VOZ 2 (SONIDO)
Grabando.

VOZ 1 (DIRECTOR)
¿Cámara?

VOZ 3 (CÁMARA)
Grabando.

Se abre de negro a...

SEC. 1. EXT./DÍA. JARDÍN ARBOLADO

Vemos, en primer plano, una CLAQUETA cogida por las manos de un chico.

VOZ CHICO
Amanda... doce/nueve... séptima.

Las manos cierran con fuerza la CLAQUETA y ésta hace su característico ruido: ¡¡¡CLACCC!!!

La cámara se desplaza hacia un lado abriendo el cuadro, mostrándonos un jardín arbolado.

VOZ 3 (CÁMARA)
Cuadro.

VOZ 1 (DIRECTOR)
¡¡¡Acción!!!

Vemos a un CHICO caminando tristemente en plan pasota que avanza hacia una CHICA.

La cámara le sigue mientras escuchamos una música un poco triunfalista que llena la pantalla.

ACTOR
Oye, mira, sé que he sido un poco cabrón pero mi intención, nunca fue hacerte daño.

La CHICA le mira y suspira.

ACTRIZ
Te has pasado, pero te perdono.

La CHICA le sonríe y se abrazan para seguir andando hacia el fondo donde vemos en un encuadre malo que aparece una esquina de una cancha de fútbol y una carretera.

En general toda la composición y las interpretaciones carecen de gusto y estética.

VOZ 1 (DIRECTOR)
¡¡¡Corten!!!
¡¡¡Final de rodaje!!!

La ACTRIZ y el ACTOR se abrazan contentos y se dirigen hacia el área de rodaje en la cual vemos: cámaras, luces, personal…

SEC. 2. EXT./DÍA. SET DE RODAJE JARDÍN GRANJA

Vemos a muchos CHICOS Y CHICAS entre el material de rodaje de una película.

Todos celebran el final de rodaje entre aplausos y besos.

De pronto, sobre todas las voces se oye un grito en *off*.

PROFESOR
¡Esto es una mierda!

El grupo enmudece y miran hacia el profesor, que está de pie sobre un balcón de una casa, serio y decepcionado...

PROFESOR
Una mierda.

Todos se miran confusos.

PROFESOR
¿Es que no os dais cuenta, de que este final no hace justicia a vuestra película? Si habéis podido darme una buena historia, dadme un buen final.

El PROFESOR se retira bajo la mirada atenta de los CHICOS.

Entre ellos resaltan 4, el DIRECTOR, el CÁMARA, la GUIONISTA y la SONIDISTA que se miran perplejos.

SEC. 3. EXT./DÍA. TRASTERO. LUGAR DE MÁQUINAS

Los CHICOS están unos sentados y otros de pie frente a un montón de material de rodaje, travelling, luces, pantallas, trípodes, etc.

GUIONISTA
Pero ¿qué hacemos?

Todos se cruzan miradas, sin saber qué contestar.

CÁMARA
Me voy a por una silla, ¿vale?

DIRECTOR
Podemos cambiar la música.

SONIDISTA
¿Y si buscamos otro lugar?

GUIONISTA
A mí me gusta.

CÁMARA (OFF)
Eh, mirad, chicos, mirad lo que he encontrado.

El CÁMARA entra en el plano cargando una CÁMARA DE LOS AÑOS 20.

Todos la miran alucinando.

GUIONISTA
¿De dónde la has sacado?

CÁMARA
Estaba en el trastero entre un montón de cajas.

SONIDISTA
¿Y esto funciona?

CÁMARA
No sé…

DIRECTOR
¡Está cargada!

CÁMARA
¡Venga, os hago unos planos!

CHICOS
Vale, ¡¡venga!!

CÁMARA
A ver…

Los tres chicos se ponen frente a la cámara.

El CÁMARA le da a la manivela mientras sus amigos se divierten.

De pronto, el CÁMARA mira por el visor de la VIEJA CÁMARA y…, mira a sus amigos con cara de sorpresa.

Travelling frontal hasta un primer plano del CÁMARA.

La imagen dentro del visor se distorsiona, quedando ésta en blanco y negro.

De pronto ¡¡¡FLASHH!!!!

SEC. 4. EXT./DÍA. CAMINO TIERRA. BLANCO Y NEGRO

Los 4 CHICOS incluida la VIEJA CÁMARA se introducen de pronto en una PELÍCULA MUDA DE LOS AÑOS 20, se divierten alucinados, escuchan una MÚSICA TRISTE, miran hacia atrás y descubren a CHARLOT sentado en una roca al borde de un largo camino, tocando el VIOLÍN.

Los CHICOS corren hacia CHARLOT.

En la PANTALLA sale el típico CARTÓN con lo siguiente:

¡Mirad, es Charlot!

CHARLOT deja de tocar el VIOLÍN, mira a los chicos, se pone de pie, se acerca a la GUIONISTA, le besa la mano, mira la VIEJA CÁMARA y explica su gran dilema: el cine o el amor.

CHARLOT se sienta abatido, los CHICOS se sientan a su lado.

En la pantalla vemos otro cartón:

¿Cómo podemos ayudarte?

A la SONIDISTA se le cae una lágrima al ver triste a CHARLOT, éste la mira, se emociona, saca una FLOR del ojal de su chaqueta, pone en pie a la GUIONISTA y le da la FLOR.

Todos sonríen.

CHARLOT, emocionado sonríe, coge la VIEJA CÁMARA y baila con ella. Contagia a los CHICOS su alegría y CHARLOT les hace señas para que le rueden.

Los CHICOS entusiasmados se organizan bajo el mando de CHARLOT.

En la pantalla sale otro cartón:

Venga, vamos a ello...

CHARLOT se pone delante de la cámara e indica a los CHICOS la acción a cámara.

Anda solitario pero alegre por el camino; se para, gira la cabeza y saluda a cámara. Continúa su camino con su alegre andar.

Cierra. Cortinilla en iris.

SEC. 5. EXT./DÍA. TRASTERO. LUGAR DE MÁQUINAS

Nuevamente un ¡¡FLASHH!! trae a los CHICOS al mismo lugar.

Se miran en silencio comprendiendo lo que ha pasado.

SEC. 6. EXT./DÍA. CAMPO. CAMINO DE TIERRA

Un campo verde, con árboles al fondo.

Unas manos cogen una CLAQUETA y se oye una voz en *off*.

VOZ CHICO
Amanda… doce/ nueve… octava.

DIRECTOR
¡¡Acción!!

Vemos a la ACTRIZ de la secuencia 1 caminar triste, al fondo aparece el ACTOR de la sec. 1 que corre tras la chica.

Le coge del brazo y le da la vuelta bruscamente.

Se miran serios. Él ACTOR intenta acariciarla y ella se aparta.

Sólo oímos la respiración del ACTOR, profunda y emocionada.

El ACTOR le acaricia la cara a la ACTRIZ, ésta cierra los ojos con dolor, y comienza a besar la palma de la mano del ACTOR.

Ambos se miran con dulzura.

La ACTRIZ comienza a caminar hacia atrás, le sonríe feliz y corre, el ACTOR la sigue detrás, ambos van por el camino de tierra, hacia un profundo bosque que los cobija.

CIERRA EN NEGRO.

FIN

Fichas Técnica y Artística

12/9 OCTAVA (8')
III Campamento-escuela. Cantabria, 2003

Un grupo de estudiantes de cine ruedan una película. Su profesor les critica duramente exigiéndoles un final apropiado con la historia.

Dirección: Alberto Ruiz, Lucía Prieto, Daniel Celaya, Marco Siebel.
Guión: Claudia Massanet, Lucía Prieto, Laksmi Khabrani, Caco Manrique, Juan Canovas, Mónica Lledó, Daniel Celaya.
Basado en una idea de: Lucía Prieto.
Cámara: Laksmi Khabrani, Santi Laresgoiti.
Montaje: Gonzalo Conde, Caco Manrique, Santi Laresgoiti, Antonio Cano.
Música: Richard Llamas, Santi Laresgoiti, Laksmi Khabrani.
Vestuario: Alejandra Suena.
Maquillaje: Mauro Notan, Andrea de la Cruz, Lucía Cortés, Marco Gasset.
Decorados: Mauro Nolan, Juan Canovas, Ian Olaizola, Gonzalo Conde.
Storyboard: Richard Llamas, Caco Manrique, Alberto Ruiz, Daniel Hidalgo, Marco Gasset.
Sonido: Luis Manuel Prados, Ian Olaizola.
Making of: Adrián Ruigómez.
Intérpretes: Caco Manrique, Marta Mateo, Claudia Massanet, Daniel Hidalgo, Marina Lledó, Antonio Cano y Richard Llamas.
Colaboración especial: Carlos Navarro

ORSON the KID

presenta

CON QUIÉN ESTÁS

Guión de Andrea Herrada, Camila Guell, Alan Mattiello, Ana Herreros, Diego Bentancor, Patricia Callejón, Pablo Herrada y Alba Patiño

Basado en un cuento de Camila Guell y Alan Mattiello

Cortometraje realizado por niños de 10 a 13 años en el
IV Campamento-escuela de Cine para niños Orson the Kid.
Cantabria, 2003

SEC. 0. EXT./AMANECER. PAISAJE CON NIEBLA, CAMPAMENTO

Abre.

Diferentes planos de paisajes de montañas y un valle con niebla.

Oímos una música tensa de fondo.

Desde lo alto de la montaña, la cámara baja hasta encontrarse con un campamento de dos tiendas de campaña, una fogata hecha un fino humo blanco, impreso leemos el título de crédito:

CON QUIÉN ESTÁS

SEC. 1. EXT./DÍA. CAMPO, ARBUSTOS

Desde el fondo de un bosque vemos a VIOLETA, una niña de 11 años, correr desesperadamente hacia cámara. Vemos que tiene a la altura de su muñeca, una venda que hace de MUÑÓN.

De pronto cae de sopetón, llora y se coge su MUÑÓN. Le falta una mano.

INTERCALA—FLASH

Vemos, de forma rápida, un COCHE en medio del bosque.

SEC. 1. EXT./DÍA. CAMPO, ARBUSTOS

La NIÑA llora con la mirada pensativa.

FLASH BACK

Del COCHE que hemos visto en medio del bosque, se baja SAORO, un chico de unos 27 años, grande y gordo, hermano de VIOLETA que come un bocadillo y bebe un refresco dentro del coche.

SAORO, apoyado delante del coche, marca un número al móvil, espera y...

SAORO
Oye, pásate por casa y te enseño mi coche nuevo.

VOZ OFF
¿Cómo que tu coche nuevo?

SAORO
Sí, me he comprado un coche.

VOZ OFF
¡Pero si tú no puedes conducir, Saoro!
¡Estás tomando medicamentos!

SAORO
¡Que sí! ¡Que ya puedo!!

Mientras tanto VIOLETA bebe y cuando va a dejar el vaso sobre el salpicadero se le cae al suelo del coche.

SAORO
¡Que estoy bien, muy bien...! ¿me oyes?
¡¡¡Muy bien!!!

SAORO ve cómo VIOLETA limpia el coche muy asustada.

SAORO
¡¡¡Eh!!! ¡¡¡tú!!!

VOZ OFF
¿Con quién estás?

SAORO no contesta y mira serio a VIOLETA, moviendo la cabeza de un lado a otro, mientras la niña limpia desesperadamente el coche.

VOZ OFF
¡¡Eh, Saoro!! ¡¡Contesta!!
¿Estás con alguien?
¿No hagas una locura, Saoro!!

SAORO
Te tengo que dejar.

SAORO deja caer el teléfono al suelo y se escucha la voz en *off* lejana, se dirige enfadadísimo hacia la puerta del coche y empuja a VIOLETA hacia un lado, mira dentro y…

SAORO

¡¡Estúpida, te advertí que tuvieras cuidado!!

SAORO se dirige al maletero y busca algo, mientras VIOLETA mira aterrorizada. SAORO cierra el maletero y avanza con un enorme CUCHILLO en la mano, entra al coche…

VIOLETA

No, por favor… no me hagas daño…

SAORO

¡¡¡¡Estúpida, estúpida, estúpida!!!!

La cámara retrocede lentamente mientras seguimos oyendo los gritos de terror de VIOLETA y los insultos de SAORO, de pronto oímos un golpe seco y cortante y el grito desesperado de VIOLETA.

CIERRA EN NEGRO.

SEC. 2. EXT./DÍA. CAMPO. RÍO

Un río tranquilo. La música es lenta pero tensa.

CORTE

Diferentes planos de VIOLETA corriendo y caminando a contracorriente dentro del río.

De pronto oye unos pasos de alguien corriendo sobre algo de metal, VIOLETA se gira y ve al fondo un PUENTE de METAL moviéndose de un lado a otro, como si de verdad alguien lo hubiera cruzado.

VIOLETA sale del río, corre entre unas malezas, cae, mira hacia atrás asustada y continúa corriendo.

SEC. 3. EXT./DIA. CAMPAMENTO

VIOLETA llega corriendo al campamento, y grita desesperada.

VIOLETA
¡Hey! ¡¡Chicos!! ¡¡Despertad, despertad, levantaos!!

Varios CHICOS salen de sus tiendas soñolientos y rodean a VIOLETA que llora.

CHICOS
¿Qué pasa? ¿Qué pasa?

VIOLETA
¡¡Que mi hermano se ha escapado del psiquiátrico!!

CHICOS
¿Cómo?

VIOLETA
Que mi hermano se ha escapado, ¡¡se ha escapado!!

CHICOS
¿Qué... cómo?

VIOLETA
¡Que viene a por mí, me va a ser daño!

CHICOS
Tranquila, tranquila, no te volverá a hacer daño.

VIOLETA
Tengo miedo, tengo miedo, es peligroso.

De pronto se oye un ruido.

Todos hacen silencio. Se giran y se topan con SAORO que con la cabeza rapada, vestido de pijama blanco, llora.

Los CHICOS retroceden asustados.

SAORO
Perdóname.

Todos retroceden.

SAORO
Perdóname, por favor, perdóname.

El grupo de chicos retrocede menos VIOLETA.

En ese momento aparece una AMBULANCIA.

SAORO
Perdóname.

VIOLETA
Saoro.

VIOLETA llora y ve cómo un ENFERMERO coge a SAORO y se lo lleva a la AMBULANCIA mientras grita a su hermana que le perdone.

VIOLETA cae de rodillas sobre la hierba y llama a su hermano.

La ambulancia se va deprisa y la cámara retrocede lentamente dejando a los CHICOS y a VIOLETA en el campamento con una música emocionante que cubre la pantalla mientras vemos los títulos de créditos finales.

Fichas Técnica y Artística

CON QUIÉN ESTÁS (12')
III Campamento-escuela. Cantabria, 2003

A Violeta, una niña de 12 años, le han cortado una mano. Su hermano se escapa del psiquiátrico y la busca desesperadamente.

Dirección: Gabriel Martín, Diego Bentancor, Beatriz Oliva.
Guión: Andrea Herrada, Diego Bentancor, Ana Herreros, Anael Quintero, Alan Mattiello, Camila Guell, Pablo Herrada, Patricia Callejón, Alba Patiño.
Basado en una idea de: Camila Guell, Alan Mattiello.
Cámara: Alejandro Llamas, Nacho Viroga.
Montaje: Alba Patiño, Mónica García, Alan Mattiello, Mariana Guell, Tomás Cavertany, Pablo Herrada, Nacho Viroga.
Música: Camila Guell.
Vestuario: Alexandra Buxens, Miguel Lozano, Anael Quintero, Javier Calleja.
Maquillaje: Claudia Sánchez, Mariana Guell, Pablo Herrada, Anael Quintero.
Decorados: Íñigo Oliva, Santiago Valenti, Adrián Romero, Beatriz Oliva, Ana Herreros.
Storyboard: Andrea Herrada, Abel García, Alejandro Llamas.
Sonido: Carolina Costa, Alberto Cortés.
Making of: Patricia Callejón.
Intérpretes: Violeta Robles.
Colaboración especial: Saoro Viciedo.
Reparto: Adrián, Andrea, Ana, Camila, Tomás, Javier, Ismael y Enrique.

ORSON the KID

Jorge Viroga	Presidente fundador
Momchil Alexandrov	Responsable Técnico
Sarah van Lindt	Responsable de Comunicación
Gerardo Viroga	Responsable de Producción
Carlos Navarro	Responsable de Relaciones Internas

ORSON the KID

Escuela de cine para niños

Jorge Viroga	Director
Laurence Serio	Secretaria dirección
Virginia Hinze	Jefa de Producción
Federico Veiroj	Responsable Festival Internacional
Adela García	Contabilidad
Antonio Fraile	Abogado

PROFESORES

Guión	Jorge Viroga
Cámara	Momchil Alexandrov
Dirección	Jorge Viroga
Montaje	Momchil Alexandrov
Teoría montaje	Carlos Navarro
	David Cánovas
Foto Fija	Gerardo Viroga
Interpretación	Begoña Quirós
	Isabel Núñez
	Mariano Lima
	María José de las Heras
Vestuario	Isabel Parra
Ayte. vestuario	Ester Crespo
	Nacho Ugarte

Maquillaje	José M.ª Buitrago
	Esther Terez Edo
Música	Carlos Vergara
	Paloma Ramón
	Tamir-Haim
Sonido	José J. González
Storyboard	Susana Fernández
Efectos Especiales	Diego Núñez
	Rubén García
Monitores	Elena García
	Ismael Cerromoya
	Katharina Meier
	Antonio Osuna
	Iris San Pedro
Eléctricos	Andrey Angelov
	Sasha García
	María Boykova
	Ángel Bonachea
	Miguel Macarrón
	Saoro Vicedo
	Ivo Gueorguiev

La escuela de cine para niños **Orson the Kid,** es una asociación cultural sin animo de lucro, que desarrolla sus proyectos bajo el patrocinio, ayudas y colaboraciones de las siguientes empresas e instituciones:

Ministerio de Cultura · Comunidad de Madrid
Colegio Suizo · Ayuntamiento de Madrid · Europcar
Grupo Alta Films · Tornasol Films · Quadro Producciones
Cherokee Luz · Sadilsa · Círculo de Bellas Artes · Movican
IEC audiovideo · Marea Films · Fundación Autor
Morena Films · SGAE · Azul 9 FX · Apple Computer
Coca Cola · Aysav servicios audiovisuales · Complot Diseñográfico
Face to Face · Chupa Chups · Fundación Ciudad Sigüenza
Youth programme of the European Commissión

Orson the Kid
Calle Príncipe, 13, 3.° izq.
28012 Madrid (España)
91 420 32 35
677 555 316
orsonthekid@wanadoo.es
www.orsonthekid.com

Galería fotográfica

La amistad da color (2002)

Índigo (2002)

La máscara de la tristeza (2001)

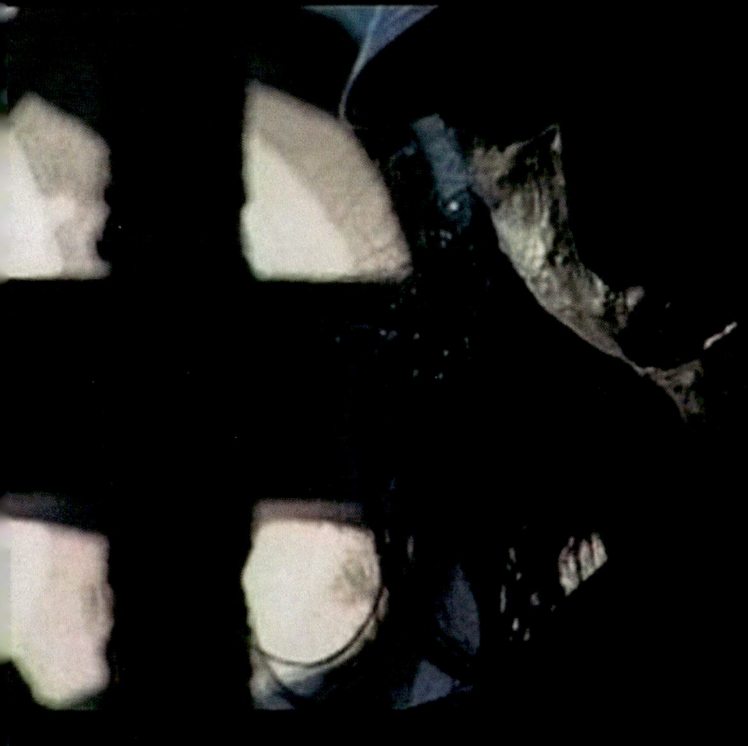

La memoria tiene un precio (2002)

Ojos prohibidos (2001)

12/9 octava (2003)